有趣的彼得兔

（英）毕翠克丝·波特 著

沐子 编译

九州出版社

JIUZHOUPRESS

图书在版编目（CIP）数据

有趣的彼得兔 /（英）毕翠克丝·波特著；沐子编译 . —
北京：九州出版社，2019.5
ISBN 978-7-5108-7957-9

Ⅰ . ①有… Ⅱ . ①毕…②沐… Ⅲ . ①童话－作品集－
英国－现代Ⅳ . ① I561.88

中国版本图书馆 CIP 数据核字（2019）第 056426 号

有趣的彼得兔

作　　者	（英）毕翠克丝·波特著　沐子编译
出版发行	九州出版社
地　　址	北京市西城区阜外大街甲 35 号（100037）
发行电话	(010)68992190/3/5/6
网　　址	www.jiuzhoupress.com
电子信箱	jiuzhou@jiuzhoupress.com
印　　刷	北京竹曦印务有限公司
开　　本	710 mm×1000 mm　　1/16
印　　张	14
字　　数	100 千字
版　　次	2019 年 5 月第 1 版
印　　次	2019 年 5 月第 1 次印刷
书　　号	ISBN 978-7-5108-7957-9
定　　价	58.00 元

　　1902 年 10 月，绘本《彼得兔的故事》一经问世，便轰动全英。一百多年之后，这只身穿蓝色夹克、用两条腿走路的乡下小兔子的形象，依旧深入人心，经久不衰。

　　这本书的作者就是英国著名的儿童读物作家毕翠克丝·波特。毕翠克丝出身英国贵族，她和弟弟从小便跟着家庭教师，接受了文学、美术、音乐等方面的教育。因为很少有机会能和其他孩子一起玩耍，内向、害羞的毕翠克丝和弟弟收养了许多小动物，有兔子、蜥蜴、青蛙、蛇、睡鼠、狗、刺猬等等，他们为每一个小动物都起了名字，她还经常为它们画画、写故事。有一年，她的家庭教师的孩子生病了，为了安慰这个五岁的小姑娘，毕翠克丝开始给她写很多带图画的信，信里就讲述了一只调皮的兔子彼得的故事。

之后，毕翠克丝把这些信件借回，经过一番准备，最终形成了《彼得兔的故事》这一绘本书。紧接着，毕翠克丝又创作了《小松鼠纳特金》《杰里米渔夫》《水鸭杰迈玛》等一系列的绘本图书，绘本中的插图生动可爱，文字也充满童趣。而这些可爱的小动物们，大多数是以毕翠克丝养过的小宠物为原型。

在毕翠克丝的故事中，每只小动物都有自己鲜明的性格，胆小的彼得兔、毛躁的本杰明、辛勤的刺猬温克夫人，还有爱捣乱的小老鼠们，这些性格特征不仅体现在这些可爱的小动物身上，也真实地反映出了孩子们的天性，相信你也会在这本书中看见自己的影子。

一百多年过去了，彼得兔的故事已经被翻译成了四十多种语言，还以芭蕾、音乐剧、电影、动画等不同的形式展现给大家。这本"世界儿童文学中的《圣经》"经过时间的洗礼，依旧散发着耀眼的光芒，成为照亮亿万儿童心灵世界的明星。

打开这本书，让孩子们发现一个不一样的童话世界，一个充满爱、充满友情、充满趣味的童话世界，和彼得兔一起来认识他的这些可爱、善良的朋友们吧！

目 录

第一章

小兔子彼得的故事

在很久很久以前，有四只小兔子，他们的名字叫笨笨、跳跳、棉尾巴和彼得。

他们的家在一棵高大的枞树根下，那里有很多软软的沙子，别提多舒服啦，小兔子们和兔妈妈就在那里幸福地生活着。

这一天早上，兔妈妈在出门前对孩子们说："我的宝贝们，你们可以去田野和路边摘些果子，但是记住，千万不能跑去麦格雷戈先生家的菜园里玩儿，别忘了你们的爸爸就是在那里被抓住的，还被麦格雷戈太太做成了馅饼。"

兔妈妈帮孩子们整理好衣服，又再次叮嘱他们："你们要乖乖听话，不许惹麻烦，妈妈要出门了，你们自己去玩吧。"

说完这些话，兔妈妈拿着篮子和雨伞就出门了，她穿过树林来到了面包店，买了一条黑面包和五个栗子面包。

听话的笨笨、跳跳和棉尾巴乖乖地沿着小路走，一边走一边采摘黑莓浆果。

但是这个时候，顽皮的彼得却直接朝着麦格雷戈先生的菜园跑去。菜园的门是关着的，于是彼得就趴在地上从门缝中钻进了菜园！

一钻进菜园，彼得就抓起莴苣和四季豆开始吃，接着又开始吃胡萝卜。

可能是吃了太多东西，彼得很快就觉得有点恶心，于是想去找些西芹来换换口味。

彼得穿过了一排黄瓜架，突然眼前出现一个人，这个人居然就是麦格雷戈先生！

麦格雷戈先生此时正趴在地上种卷心菜，显然他也发现了彼得，于是瞬间跳起来，挥舞着钉耙追赶彼得，边追边喊叫着："站住！你这个小偷！"

惊慌失措的彼得已经记不清出口在哪里，只能在院子里不停地兜圈子，躲避在身后紧追的麦格雷戈先生，一个不留神，彼得的一只鞋子掉在了卷心菜地里，不一会儿，另一只也跑丢了。

没有了鞋子的束缚，彼得就
手脚并用飞快地跑起来，眼看就
要顺利逃脱，倒霉的彼得居然一
头栽进了醋栗网中，更不幸的是，
树枝还勾住了他衣服上一颗大大
的纽扣，是那颗钉在蓝色夹克上
的黄铜纽扣，夹克也还很新。

彼得觉得自己这下一定完蛋了，于是害怕地大哭起来，

他的哭声引来了一群好心的麻雀，麻雀
急忙安慰彼得，鼓励他一定要想办法逃
出去。

就在这
时，麦格雷戈
先生追了过
来，手里拿着
筛子，想要扣
住他，彼得只好脱下外套，从醋栗
网中挣脱出来。

慌乱中，彼得冲进工具间，一头跳进一个洒水壶中，谁知洒水壶里居然还有水，不然一定是一个完美的藏身之处。

麦格雷戈先生也跟着追进了工具间，他非常确定彼得就藏在这里的某个角落，说不定就在某个花盆下面，于是麦格雷戈先生小心翼翼地挪开花盆，一个个仔细检查。

这时，只听"阿嚏！"藏在洒水壶里的彼得没忍住打了一个喷嚏，麦格雷戈先生马上跟着声音冲向了洒水壶。

正当麦格雷戈先生想要一脚踩住彼得时，彼得迅速地

跳出了窗户，还打翻了窗台上的几盆花，由于窗户实在太小，麦格雷戈先生也已经跑不动了，他只能眼睁睁地看着彼得逃走，自己回到卷心菜地里继续种菜。

彼得气喘吁吁地坐在路边休息，因为之前跳进了洒水壶里，此刻的他浑身湿淋淋的，又因为害怕颤抖不止。

休息了片刻，彼得开始寻找回去的路，他一蹦一跳，慢慢悠悠地四处张望着。

过了一会儿，彼得在一堵墙上发现了一扇门，可是门是锁上的，门下的缝隙也根本塞不进去他那圆鼓鼓的肚子。

彼得看见一只上了年纪的耗子从门口的石阶上跑过，为她在树林里的家人搬运豆子。彼得就向她问路，只是老耗子却冲着彼得不停地摇头，因为她的嘴里有一颗很大的豆子，根本不能开口说话。彼得又难过地哭了起来，眼泪"啪嗒、啪嗒"地掉了下来。

后来，他干脆直接穿过菜园回家，可在菜园里却越转越晕。不一会儿，他来到了一个小池塘边上，这是麦格雷戈先生经常给铁壶灌水的地方。此时只有一只小白猫，呆呆地、静静地蹲在池塘边上，盯着水里的小金鱼，尾

巴尖不时地摆动一下，只为了证明他是活的。彼得想，最好还是别和猫打交道了，因为他曾经从堂兄本杰明那儿听到关于猫的故事。

于是彼得转过身朝着工具房走去，就在这时，在离他很近的地方传来了"咔嚓、咔嚓、咔嚓"锄头锄地的声音。他吓得一头钻进灌木丛中，等了一会儿，什么也没发生，彼得就大胆地爬上旁边的手推车，四下观望。

他一眼就看到麦格雷戈先生背对着他，在洋葱地里锄地，而菜园的出口就在麦格雷戈先生身旁不远处！

彼得看准时机迅速跳下独轮车，头也不回地沿着黑醋栗丛后面的一条小路飞快地逃出菜园。麦格雷戈先生当然瞥见了逃跑的彼得，但是彼得不在乎，迅速地从门缝中钻了出去，一路跑到菜园外安全的地方。

没抓到彼得的麦格雷戈先生，只好把彼得掉在菜园里的衣服和鞋子做成稻草人，挂在菜园里吓唬总来偷吃的乌鸦。

彼得逃出菜园后却不敢停下脚步，向着家的方向拼命地跑，直到看见那棵高大的枞树。

筋疲力尽的彼得一回到树洞，就扑倒在柔软的沙子上睡着了，忙着做饭的妈妈看到躺在地上的彼得，见他身上没有衣服，兔妈妈心里嘀咕，这已经是他两周内丢的第二套衣服和鞋子了。

那天晚上，可怜的彼得还是生病了，妈妈把彼得抱回床上休息，还特意为他泡了一些甘菊茶，叮嘱他睡前一定要喝一些。

而笨笨、跳跳和棉尾巴的晚餐不仅有牛奶、面包，还有他们沿路采摘的黑莓浆果。

第二章

格鲁斯特的裁缝

亲爱的芙蕾德

　　因你如此喜欢童话，现在又生病了，我就为你写了一个故事，一个从未有人读过的故事。

　　更神奇的是，这些故事都是真实的，是我在格鲁斯特郡听来的，那些关于裁缝、马甲，还有……

　　"没有丝线了！"

1901 年圣诞节

在很久以前，人们喜欢腰佩长剑，头戴假发。女士们喜欢穿垂着荷叶边的蓬松裙子。绅士们喜欢缝着褶边的礼服和镶着金边的马甲。那时，有一位老裁缝，就住在格鲁斯特的城里。

这个老裁缝在城西门的大街上开了一家小铺子。从早到晚，他就盘着腿，坐在小铺子的窗下，在一个大工作台上不停地工作着。

从清晨到日落，老裁缝一刻不停地忙着手里的工作，把光滑的红棉缎子和闪光的绸子裁剪又拼接。在那个时代，布料的名字都奇奇怪怪的，而且还贵得要命。老裁缝虽然能够为小镇上的人们缝制特别美丽的衣服，可他却依旧很贫穷，他的脸上布满了皱纹，手指弯曲，穿的也是衣不蔽体。

老裁缝做衣服时从来不浪费布料，总是根据衣服裁剪大小合适的面料，所以他的工作台上剩下的布料都非常的小，老裁缝总说："这么窄的布料，只能给老鼠做衣服了。"

快到圣诞节了，天气也变得更加寒冷，老裁缝又要开始做衣服了，一件是绣着紫罗兰和玫瑰的樱桃色外套，一件是奶油色的马甲，要用薄纱和绿绒线镶边。这是特地为格鲁斯特的市长缝制的。

老裁缝挥舞着剪刀细心地裁剪着布料，尽量不浪费一点，所以工作台上只留下了一些非常小的樱桃色小碎布，老裁缝一边忙碌一边自己碎碎念。

窗外是漫天飞舞的雪花，在太阳落山的时候，老裁缝结束了这一天的工作。

工作台上摆放着裁剪好的布料，做外套的十二片，做背心的四片，做口袋、袖子和扣子的布料也都按着顺序摆放着，外套的衬里是精致的黄色塔夫绸，马甲上的扣眼打算用樱桃色的丝线锁边。现在万事俱备，只差一卷樱桃色的丝线。

天黑了，老裁缝关了店门，回家休息，现在店里只剩下老鼠们自由活动了，在格鲁斯特的老房子里，老鼠们的秘密通道就藏在那些木质墙壁后面，它们沿着这些秘密通道就可以挨家挨户去串门，都不用走到街道上。

可是老裁缝却还要走出店门，拖着疲惫的身体，踏着积雪走回家——那幢紧挨着格林大学大门的房子，就是老裁缝的家了。即使这幢房子非常破旧，贫穷的老裁缝也只能负担得起一个厨房的面积。

在那里，他和他名叫辛普金的猫一起相依为命。

白天，老裁缝在店里工作，辛普金就留在家里看家，他喜欢小老鼠们，当然，他可不会给小老鼠们做衣服穿。

"喵！"老裁缝推门的时候，辛普金朝他叫了一声，老裁缝也回了他一句"喵"。

老裁缝说："亲爱的辛普金，我可能要时来运转了，但是此刻我累惨了。这是我们仅有的四便士了，你拿着瓷瓶，去买一便士面包、一便士牛奶、一便士香肠，哦对了！最后一便士记得买一卷樱桃色的丝线，千万别丢了最后的一便士，如果没有樱桃色的丝线，一切就都功亏一篑了。"

辛普金拿着钱出了门，外面已经天黑了。

老裁缝累到生了病，此刻他疲惫不堪地坐在壁炉边休息，嘴里却还在念叨着那件精美的衣服。

忽然一阵响声打断了老裁缝的思绪，他吓了一跳，声音是从厨房另一边的橱柜上传过来，"叮当、叮当、叮当"。

"这是什么声音？"老裁缝疑惑地走到橱柜边上，上面摆满了陶罐、餐盘、茶杯。

老裁缝透过眼镜盯着一排倒扣着的杯子，竖起耳朵仔细地听着，这时，其中一个茶杯下面又发出了微弱的声音，"叮当、叮当、叮当"。

"真是奇怪！"老裁缝说着便翻过那只倒扣着的杯子。

只见杯子下面走出来一只穿着漂亮裙子的小老鼠，她对着老裁缝恭敬地行了一个屈膝礼，然后跳下橱柜，瞬间就消失在壁橱下面。

老裁缝回到炉火旁温暖他那僵硬的双手，嘴里还在念叨着："外套要用樱桃红的缎子，上面要用漂亮的丝线绣上玫瑰……交给辛普森去买丝线能放心吗？要是没有这丝线，我怎么缝扣眼呢！"

就在这时，橱柜那里又传来了"叮当、叮当、叮当"的声响。

"这也太奇怪了吧！"老裁缝起身走过去又翻过另一只倒扣着的杯子。

又一只穿着礼服的小老鼠走出来，对着老裁缝深深地鞠了一躬！

谁知接下来整个橱柜都想起了敲击声，此起彼伏，互相呼应，像是一群甲壳虫撞击残破的百叶窗一样。

"叮当、叮当、叮当！"

紧接着，小老鼠们一个接一个地从翻过来的茶杯、碗和盆下面走了出来，跳下碗橱，不一会儿就找不见了。老裁缝又回去挨着火炉坐着休息，叹息道："二十一个扣眼都要用樱桃色的丝线锁边！今天已经星期二了，星期六下午必须要做好，我让辛普金帮我去买丝线，我居然放走了他抓的老鼠，我是在做什么？这些一定都是辛普金的大餐，我要完了，不会有丝线了，衣服也做不完了……"

老裁缝的这些话都被又跑回来的小老鼠们听见了，他们对那件精美的衣服非常感兴趣，大家交头接耳地讨论着塔夫绸的衬里和小老鼠的披肩。

忽然间，小老鼠们一哄而散，沿着壁板后面的通道跑走了。当辛普金抱着牛奶进到厨房的时候，小老鼠们早就跑得无影无踪了。

辛普金生气地进到屋里，还发出"喵——呜"的声音，向所有生气的猫一样，因为他讨厌下雪天，雪不仅飘进了他的耳朵，还钻进了他的后衣领里面。他把面包和香肠放在橱柜上，闻了闻。

"辛普金，我的丝线呢？"这时，老裁缝问道。

但是辛普金只是挨着牛奶罐坐在橱柜上，疑惑地盯着那些茶杯，此刻他只想要他那肥美的老鼠大餐。

"辛普金，你帮我买的丝线呢？"老裁缝再一次问道。

但是辛普金什么都不说，对着老裁缝吐了口口水，然后将一个小包裹藏在了茶壶里，要是辛普金能说话，这会儿他肯定会说"我的老鼠大餐呢？"

没拿到丝线的老裁缝只好忧愁地回到床上休息，嘴里还不停地念叨："唉，这下我彻底完蛋了！"

整整一夜，辛普金发疯似的搜查了家里所有的角落，茶杯、壁橱，就连藏丝线的茶壶也重新检查了一遍，可惜他一个老鼠都没有发现。

夜里，每当老裁缝在睡梦中说梦话的时候，辛普金都会发出"喵呜"的声音，就像猫在夜里打架的声音一样。

可怜的老裁缝病得越发重了，还发了高烧，整晚在他的四柱床上辗转反侧，还一直喃喃自语"丝线没了！丝线没了！"

老裁缝病了一天又一天，那件樱桃色的外套该怎么办呢？坐落在西门大街的裁缝店，窗户紧闭，店门紧锁，裁

剪好的布料还整齐地摆在工作台上。谁来把布料缝成衣服呢，谁来缝这二十一个扣眼呢？

这一切都难不倒这些小老鼠呢，他们可从来都不用钥匙就能去到任何想去的地方。

圣诞节快到了，街市上的人们踏着积雪，去买鹅、买火鸡，烤圣诞节吃的馅儿饼，对于辛普金和那可怜的老裁缝来说，已经没有什么圣诞大餐了。

老裁缝就这样病了三天三夜，转眼到了平安夜，月亮爬上屋顶和烟囱，月光透过窗户照进屋子，屋里没有灯光，安安静静，在这漫天大雪中，整个格鲁斯特都在安静地沉睡着。

只有辛普金，念念不忘他的老鼠，急得站在床前"喵喵"直叫。

在古老的童话里，平安夜和圣诞节早上的这段时间，所有的动物们都是可以开口说话的，虽然很少能有人听见或是听懂。

当教堂十二点的钟声敲响，辛普金像是听到了暗号，冲出了家门，在雪地中徘徊着。

此刻，格鲁斯特满城回荡着圣诞颂歌，大家齐声唱着赞美的旋律，有我曾经听过的，还有我没听过的，像是惠灵顿的钟声一样。

声音洪亮的公鸡们首先叫了起来："都几点啦！太太们该起床烤馅儿饼啦！"

"够了，够了。"辛普金不耐烦地叹息着。

在一间灯火通明的阁楼里，欢快的歌舞声不时传出，此刻，所有的猫都聚集在了那里。

除了辛普金。

屋檐下，椋鸟和麻雀唱起歌来，赞美圣诞馅儿饼。住在教堂顶上的乌鸦也醒了。虽是在夜里，画眉鸟和知更鸟也都已经开始唱歌，到处充满了欢快的歌声。

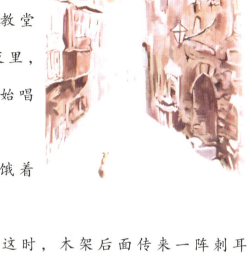

但是这一切都只会让还饿着肚子的辛普金觉得更加烦躁！

这时，木架后面传来一阵刺耳的声音，像是蝙蝠，因为他们的声音非常尖细，尤其是在寒冬的夜晚，他们在梦中说话的声音，像极了老裁缝。

此刻他们又在神神秘秘地说着些什么。辛普金甩甩耳朵走开了，像是甩掉钻进耳朵的蜜蜂一样。

辛普金来到了西门大街的裁缝店门口，屋里居然透出了溶溶的亮光，他悄悄爬上窗户往里偷窥，只见屋里点满了蜡烛，再一听，剪刀剪布的声音、缝衣服的声音，还有小老鼠们欢快的唱歌声。

小老鼠们的歌声一首接着一首，但是辛普金却一首都不喜欢，他疯狂地挠着门，却怎么也进不去。

忽然，小老鼠们停止了歌声，唧唧喳喳地说着："没

有丝线了！没有丝线了！"接着，他们关掉了百叶窗，彻底把辛普金的视线挡住了。听到没有丝线了，辛普金这才一下子明白过来。

辛普金心事重重地离开裁缝店往家走去，回到家中，看到老裁缝躺在床上安静地睡着，烧已经退了。

辛普金踮起脚尖，从茶壶中拿出藏在里面的那包丝线，月光中，他看着丝线，想想自己所做的，顿时觉得羞愧不已，自己真的还不如那些小老鼠们有爱心。

第二天清晨，老裁缝醒了过来，一睁开眼睛就看到了放在他拼图被子上的那包樱桃色的丝线，旁边还站着满脸羞愧的辛普金。

老裁缝顿时欣喜万分，"哎呀！虽然我难受得快散架了，好在我终于有丝线啦！"

老裁缝穿好衣服走出门，此时街上阳光明媚，映照在大雪上特别好看，辛普金也欢快地跑在老裁缝的前面。一切又回到了往日的安静祥和。

忽然老裁缝叹了口气："市长中午就要举行婚礼了，我虽然有了丝线，可是依旧没有力气，怎么才能把衣服如期做好呢？"

老裁缝说着，打开了坐落在西门大街的小店门，辛普金一下子就蹿了进去，满脸期待地寻找着什么。

但是什么都没有，一个小老鼠都没有留下。

就连工作台上都被打扫得干干净净，一块小碎布、一个小线头都没有留下，地板上也被打扫得干干净净。

再一看工作台上——哦！我的天哪！老裁缝惊叫了一声，原来工作台上摆放着最漂亮的外套和马甲，上面的花纹和刺绣实在是太精美了，这绝对是市长最满意的衣服了。

外套的前襟上绣着玫瑰和紫罗兰，马甲上还绣着罂粟花和矢车菊。

一切都已经做完了，除了一个扣眼，在扣眼的旁边，别针别着一张小纸条，纸条上用细小的笔迹写着：没有丝线了。

就从那时起，老裁缝一下子时来运转，不仅身体越来越强壮，赚的钱也越来越多。

格鲁斯特所有的富商和绅士们都来找老裁缝定制衣服，因为他们从没有见过这么细致精美的刺绣和工艺，尤其是那些扣眼最为特别。

扣眼的针脚是如此的细密整齐，真不知道这个带着老花镜、手指弯曲的老裁缝是怎么做到的。

这些扣眼的针脚多么小巧精致，看起来竟像是一群小老鼠的杰作！

第三章

小松鼠纳特金的故事

这是一个关于尾巴的故事，尾巴的主人是一只有着红色绒毛的小松鼠，他的名字叫作纳特金。

纳特金有一个兄弟，名叫闪亮果，他还有很多的堂兄弟，他们一起住在湖边的一片森林里面。

湖中心有一个绿树丛生的小岛，岛上有很多的坚果树，在这些树中，有一棵橡树挺拔地生长着，橡树上有一个树洞，老猫头鹰布朗的家就安在了那里。

秋天到了，坚果成熟了。纳特金和闪亮果带着松鼠家人们一起走出树洞来到湖边。想要去到湖中心的橡树那里，摘一些橡子回来。

松鼠们把小树枝扎起来，捆成一个个的小木筏，每人带着一个口袋，拿着一把小桨，划着小木筏去往猫头鹰的小岛采摘坚果。划船的时候，他们那毛茸茸的尾巴高高地耸立着，像极了一面面扬起的船帆。

他们带了三只肥胖的老鼠，放在老布朗家门口的台阶上，当作献给老布朗的礼物，好让他能允许松鼠们去摘橡子。闪亮果和其他的松鼠们给老布朗深深地鞠了一躬，礼貌地说道："老布朗先生，能否请您允许我们在您的岛上摘一些橡子？"

唯独纳特金非常的无礼，
像一粒红樱桃似的上蹿下跳，
嘴里还唱着：

"猜谜语，猜谜语，我来
出你来猜！

一个圆胖子，穿件红褂子；
头上树棍子，肚里藏核子。
要是你猜对，银币送给你。"

对老布朗来说。纳特津的这
个谜语简直是老掉牙，所以他一
点也不感兴趣，眼睛一闭，假装
睡着了。

太阳快下山的时
候，松鼠们驮着装
满了坚果的袋子，划
着小船回家了。

第二天清晨，他们又来到了岛
上，这一次，闪亮果和其他的松鼠

们带了一只肥硕的鼹鼠放在了老布朗先生家门前的石头上，依旧礼貌地说着："老布朗先生，请您允许我们再摘一些橡子，好吗？"

可是纳特金不礼貌，他上蹿下跳，用一根树枝戳着老布朗先生，嘴里还唱着他的谜语歌。

老布朗突然起身，叼着鼹鼠回到了屋里。

他转过身用力关上房门。把纳特金挡在了门外，不一会儿，树顶上飘出一缕烧木头的青烟。纳特金趴在门上透过锁眼儿往屋子里瞄去，嘴里还唱道："房满满、洞满满！却装不满一个碗！"

其他的松鼠们跑遍了小岛去寻找橡子，他们的口袋都装得满满的。

但是特纳金却只捡了几个红红黄黄的橡子，蹲在老布朗先生家门口

的山毛榉树桩上玩，一边玩，一边偷偷观察着老布朗先生的家。

到了第三天，松鼠们早早地就起床去钓鱼了，他们这次为老布朗准备了七条肥大的米诺鱼作为礼物。

他们划着小木筏，在一棵弯曲的板栗树下上岸了。

闪亮果和其他的六只松鼠每人都提着一条肥大的米诺鱼，没有礼貌的纳特金依旧什么也没有准备，还跑在了最前面，边跑边唱着：

"旷野之人问我说，

海里草莓多几许？

灵机一动回答道：

多如鲱鱼挂林间。"

老布朗依旧对谜语不感兴趣，即使纳特金已经把谜底都说了出来，老布朗还是默不作声。

到了第四天，松鼠们准备了六只肥胖的甲虫作为礼物，对于老布朗来说，这些甲虫就像是李子布丁里面的李子一样，又大又好吃，而且每一只甲虫都用树叶精心包裹着，还用松针固定结实。

但是唯独纳特金一如既往地唱着谜语歌：

"老布先生来猜谜，

英国的面粉，西班牙的馅，

淋了一场雨，相互分不清，

放进袋子中，绳子扎紧紧，

若是猜得出，戒指送给你。"

纳特金简直就是信口雌黄，他根本没有戒指能给老布朗。

其他的松鼠们在坚果丛中来回穿梭，找寻更多的坚果，可是特纳金却在荆棘丛里找了一些知更鸟的针垫，还在它们身上插满了松针。

第五天，松鼠们带来了野生蜂蜜当作礼物，那可是他们冒着生命危险爬到山顶上，从大黄蜂的巢里偷来的，味道别提有多棒了，以至于他们把蜂蜜放在老布朗家门口后，都忍不住舔了舔手指头。

此时，无理的纳特金又在跳上跳下地唱着谜语歌：

"嗡嗡嗡！闹哄哄！

当我翻过陡峭坡，

遇到一群享乐猪，

黄色脖颈黄色背，

颜色俏丽惹人爱，

嗡嗡飞过山坡去。"

老布朗厌恶地看了一眼无礼的纳特金，转过身来吃光了这些蜂蜜。

勤劳的小松鼠们收获颇丰，口袋都装得满满的。

唯独这个纳特金，在一块平坦的岩石上玩了起来，用山楂果去打冷杉球果，像玩保龄球那样。

第六天是星期六，小松鼠们最后一次来到岛上，为了要和老布朗道别，他们准备了一篮子新鲜的鸡蛋，作为道别的礼物。

无礼的纳特金依旧冲在最前面，放肆地喧闹着：

"小胖子，躺河中，

脖上围着白床单，

四十个医生四十个人，

立不起来小胖子。"

老布朗对鸡蛋产生了兴趣，睁开一只眼睛瞟了一眼又闭上了。

这时，纳特金越来越放肆了：

"老布老布！

金光闪闪，照在门上；

皇家的马，皇室的兵；

拖不动它，拉不走它。"

纳特金像是一束闪烁的阳光，上蹿下跳，而老布朗依旧什么也不说。

纳特金一见这样，越发肆无忌惮。他嘴里发出"呼呼呼"像风一样的声音，忽然纵身一跳，朝着老布朗的头上跳去！一瞬间，只听扑腾和挣扎的声音，还有一阵急促的尖叫声！

小松鼠们吓得急忙躲进树丛中。

当他们蹑手蹑脚走回来，想看看发生了什么时，只见老布朗一如往常，安安静静地坐在门口的台阶上，闭着眼睛，像什么都没发生一样。但是纳特金却被他揣进了背心的口袋里！

到这里，这个故事似乎就要结束了，其实不然。

老布朗拎着纳特金的尾巴转身回屋，作势要扒了他的皮。结果纳特金拼命挣扎，连尾巴都挣断了才得以逃脱。没了尾巴的纳特金一刻也不敢停留，一个箭步冲上楼梯，跳出阁楼，离开了老布朗的家。

从那以后，当你让蹲在树上的纳特金再猜谜语的时候，他一定会朝你丢树枝，还会跳脚大骂："去、去、去，走开、走开！"

第四章

小兔子本杰明的故事

一天清晨，有一只小兔子坐在河岸边。

忽然他竖起耳朵，听见路边传来了一阵"嘚嘚嘚"的马蹄声。

那是麦格雷戈先生驾着马车从路上经过，旁边坐着麦格雷戈太太，戴着她那顶特别好看的帽子。

他们的马车一过去，本杰明就溜下河岸，跑到路边，一蹦一跳地朝着他亲戚们的家跑去，他的亲戚们就住在麦格雷戈先生菜园后面的树林里。

树林里面满是兔子洞，其中那个最整洁，铺满柔软沙子的洞，就住着本杰明的姑妈和表兄妹们——笨笨、跳跳、棉尾巴和彼得。

姑妈是个寡妇，靠卖编织的兔毛手套和围巾度日，我曾经还在市场上买过一双。她还靠卖草药、迷迭香茶和兔子烟草为生，就是我所说的薰衣草。

小本杰明此刻不是很想见他的姑妈。于是就绕到了那棵枞树的后面，谁知差点被他表弟彼得的头给绊一跤。

彼得披着一条红色的毛毯孤零零地坐在那里，看上去没精打采的。

"彼得"，小本杰明低声询问，"你为什么裹着毯子？你的衣服呢？"

彼得回答说："我的衣服被麦格雷戈先生拿去给菜园里的稻草人穿着呢。"接着，他就把自己在菜园里被追赶，以及如何弄丢鞋子和外套的经过都告诉了小本杰明。

小本杰明在表弟身旁坐下来，信誓旦旦地告诉彼得说他看见麦格雷戈先生和太太驾着马车出去了，他们一准能在外面待上一天，因为麦格雷戈太太戴着她那顶最漂亮的帽子呢。"这样我们就能把衣服拿回来了。"

彼得说："真希望今天会下雨。"

这时，树洞里传来了兔子太太的声音："棉尾巴！棉尾巴！再去采一些甘菊来！"

虽然再也不想去到那个菜园，彼得想，没准出去散散心能好一些呢。

于是他们手拉着手就出去了。他们来到树林边，爬到了围墙顶上，一眼就看见麦格雷戈先生立的那个稻草人，那个穿着彼得外套和鞋的稻草人，头顶上还带着麦格雷戈先生的一顶旧帽子。

小本杰明说："我们要是从门下钻进去会弄坏衣服的，要是从门口的这棵梨树上爬进去就最好啦。"

刚爬一点，彼得就一头栽了下去，幸好下面的泥土都是新翻过的，特别的软，彼得才没有摔疼。

地上还长着一些新鲜的生菜。

两只小兔子在菜园里松软的土地上走着，
身后留下了一连串奇怪的脚印，尤其是小本
杰明还穿着木屐。

小本杰明说，首先要把彼得
的衣服弄下来，这样就能把毯子
腾出来了。

他们把衣服和鞋子从稻草人身上
拿了下来，昨天夜里下了场雨，鞋子
里都是水，外套也是皱巴巴的。

本杰明把那顶帽子也拿了下来，
戴在头上一看，实在是太大了。

拿完衣服，小本杰明就提
议说可以在菜园里摘一些洋葱
用毯子包回去，当作给姑妈的
礼物。于是就开始装洋葱。

但彼得似乎还是有些担心，
一直留心听着周围的动静。

彼得抱着洋葱跟在本杰明后面往园子外走，本杰明一边吃着生菜，一边说他经常和他爸爸来这里摘生菜，当作周日的晚餐。小本杰明的爸爸就是老本杰明先生。

彼得却什么也吃不下，还有些心不在焉，他说自己只想回家，说着连毯子里的洋葱掉出来都没有发现。

小本杰明说："带着一包洋葱，咱们就不能爬梨树出去了。"于是，他大摇大摆地带着彼得朝菜园的另一端走去。沿着洒满阳光的红砖墙，顺着木板路，往菜园的大门走去。

路边有几只小老鼠躲在那里砸核桃吃，他们好奇地盯着这两位如此大胆的小兔子。

彼得始终小心翼翼地走着，也不管毯子里还有多少洋葱了。

在经过杂物堆的时候，彼得听到了一个从未听到过的可怕声音，他吓坏了，眼睛瞪得像一对棒棒糖一样大！

忽然他停下了脚步。

因为在拐角处，他们看到了那个发出奇怪声音的东西，是一只猫！

小本杰明一看到这只猫，拉着紧抱着洋葱的彼得迅速躲到一个大箩筐下面。

猫似乎是听到了动静，站起身来伸个懒腰，走到箩筐旁边嗅个不停。

谁知这猫就这么趴在箩筐上睡了起来。

这只猫动也不动地一趴就是五个小时！

我实在描述不出来彼得和本杰明在箩筐底下的情况，因为下面实在太黑了，还有刺鼻的洋葱味，熏得彼得和小本杰明直掉眼泪。

很快，落日西斜，没入树梢，天色渐渐暗了下来，这只猫还是一动不动地趴在箩筐上。

这时，围墙上传来了啪嗒啪嗒的脚步声，随之还有烟灰掉了下来。趴在箩筐上的猫抬起头看了一眼，原来是老兔子本杰明先生，他是来这里寻找他的孩子的。

他嘴里叼着一根兔子烟，手里握着短鞭，气宇轩昂。老本杰明可没把这只猫放在眼里。

他瞅准时机，从墙头上奋力一跳，一下扑在猫的身上，再一抬脚把她从箩筐上面踢到了花房里，还抓掉了她的一撮毛。

遭遇这突然的袭击，这只猫一下子蒙住了，已经忘记怎么还手了。一把猫踢进花房，老本杰明就跑去给花房门上了锁。

摆平了猫之后，老本杰明走

到箩筐那里，伸手揪着小本杰明的耳朵，一把拉出来，用小鞭子好好教训了一顿，又把彼得也拉了出来。

最后，老本杰明提着那包洋葱，压着那两只垂头丧气的小兔子大摇大摆地走出了菜园。

大约半个小时后，麦格雷戈先生回来了。他发现菜园子看起来有些奇怪。好像有人穿着木屐在菜园里走了个遍，只是这些脚印也太小了！当然，他也搞不懂猫是怎么把自己从外面锁在温室里面的。

回到家后，妈妈看彼得的衣服和鞋子都找回来了，就没有再责备彼得。棉尾巴帮彼得一起把毯子叠了起来。他们拿回来的洋葱，也被兔妈妈串起来，跟草药和兔子烟一块儿挂在了厨房顶上。

第五章

两只小坏鼠的
故事

从前，有一个特别漂亮的玩具小屋，小屋有红红的砖墙，嵌着白色的玻璃窗，窗户上挂着棉布窗帘，小屋前面有一扇大门，房顶上还有一个烟囱。

这个小屋里住着两个洋娃娃，她们一个叫露辛达，一个叫简。

小屋应该是露辛达的，露辛达虽然住在这里，却从来不做饭。

简虽然是小屋里的厨师，但她也从来不做饭。她们总是去买现成的食物，那些食物都放在一个装满刨花的盒子里。

　　盒子里装着两只红红的龙虾、一个火腿、一条鱼、一个布丁，还有一些橘子和梨，全都整齐地摆放在盘子里面，这些食物虽然不能从盘子里拿出来吃，但是它们看上去太诱人了。

　　一天清晨，露辛达和简坐着婴儿车出去兜风，家里一个人都没有，四下里特别的安静。不一会儿，墙角壁炉那里传来了窸窸窣窣的声音，壁板的下面有一个小洞。原来是那只叫大拇哥的小老鼠，小心翼翼地探出脑袋四处观察，一会儿又缩回去。

过了一分钟，他的太太汉卡姆卡，也把脑袋伸了出来，当她发现房间里空无一人，就大胆地钻出洞来，站在煤箱下面的油布上。

玩具小屋就在壁炉对面，只见大拇哥和汉卡姆卡小心翼翼地穿过铺在壁炉前的地毯，来到玩具小屋的门前，轻轻一推，门没上锁。

大拇哥和汉卡姆卡爬上台阶，朝着餐厅窥望，然后他们开心地叫了起来。桌上

摆放的晚餐是多么丰盛啊，旁边还放着锡制的汤匙和铅制的刀叉，两把玩具椅也放在桌边，这一切简直太完美了！

大拇哥立刻坐下来，拿起刀叉要切火腿吃，这火腿油亮亮的，还有红色的纹路，一定很美味。谁知刚一下刀，刀子就断成两截，还不幸地切到了大拇哥的手，他把手立马放进嘴里吸吮着。

"这个火腿火候还不够啊，实在太难切了，汉卡姆卡，你也来试试。"汉卡姆卡站在椅子上，拿着另一副刀叉，用力朝火腿切过去。"这简直和奶酪店里卖的火腿一样硬！"汉卡姆卡说道。

一刀下去，火腿从盘子里弹出来，滚到了桌子下面。"别管它了！"大拇哥说道，"给我来条鱼吧，汉卡姆卡！"

汉卡姆卡试遍了所有汤勺，可鱼还是原封不动地粘在盘子上。

这下大拇哥终于火了，把火腿放在地板上，举起钳子乒乒乒乒敲了一顿，火腿的碎片飞溅一地，原来这些诱人的外表都是假象，里面其实全是石膏，哪里有什么大餐！

大拇哥和汉卡姆卡既愤怒又失望，他们一怒之下把布丁、虾、梨、橘子，全都扔在地上。

由于他们没法把鱼从盘子里取出来，干脆就直接把鱼连盘子一起扔进了燃着红色火焰的烤炉中。

谁知就连火焰也是用纸做的。
大拇哥顺着烟囱爬到顶上，烟囱里
连一点烟灰也没有。就在大拇哥爬
上烟囱的时候，汉卡姆卡又失望了
一回，她在碗柜上发现一些小罐子，
上面都贴着标签"大米""咖啡""西

米"，但是她把罐子翻个底朝天，
也就只倒出来一些红红绿绿的彩色
小珠子。

于是，什么都没捞到的老鼠们
开始了他们的恶作剧，尤其是大拇
哥，他把简的衣服全都拽了出来，
从窗户扔了出去。

不过还是汉卡姆卡
会过日子，她把露辛达
的羽毛枕头扯了一半时，
忽然想起自己一直想要
一个羽毛床垫。

于是叫上大拇哥帮忙，他们把枕头拖下楼梯，穿过壁炉前的地毯，奇迹般地将枕头塞进那个小小的耗子洞。

汉卡姆卡很快又跑回来，拖走了一把椅子、一个书架、一只鸟笼，还有一些小玩意儿。

可惜书架和鸟笼塞不进去，她只好把它们扔在洞外，又去拉一个婴儿摇篮车。

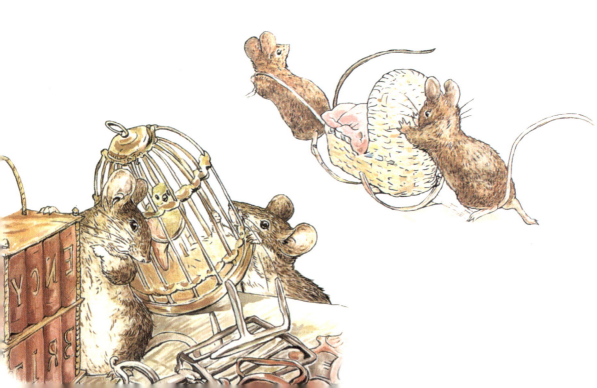

正在汉卡姆卡往洞里搬另一把椅子时，忽然听到屋外传来一阵说话声，两只老鼠着急忙慌逃回洞里，原来是洋娃娃们回来了。

眼前的景象简直惊呆了简和露辛达！

露辛达腿一软跌坐在被掀翻了的炉灶上，目瞪口呆地看着这一切，而简靠着厨房的碗柜，苦笑着，她俩一句话也没有说。

最终，她们在煤箱后面找到了书架和鸟笼，可是摇篮和简的衣服都找不见了，这些都归汉卡姆卡了。

她还拿走了一些罐子、锅子，和其他的东西，这些对她来说太有用了。

后来露辛达说："我要在房间里放一个穿着制服的警察娃娃！"

简却说："我要在房间里放一个捕鼠器！"

这就是这两只坏老鼠的故事！

其实他们也没有这么坏，毕竟他们最后还是赔偿了所有损坏的东西。

原来，大拇哥在壁炉前的地毯上找到了一枚弯曲的六便士硬币，在圣诞节的前一夜，他和汉卡姆卡将那枚硬币塞进了露辛达和简的长袜里。

并且，每天清晨，当人们还在睡梦中的时候，汉卡姆卡都会拿着簸箕和扫帚，把玩具小屋打扫得干干净净。

第六章

小小温克夫人的故事

很久很久以前，有一个名叫露茜的小女孩，她住在一个叫作小小镇的农场里。她是个善良的小女孩，只是，她总是会弄丢手帕！

一天，小露茜在农场的院子里哭了起来——噢，她哭的可伤心了！"我弄丢了我的三块手绢和一个围裙，泰比猫，你见过它们吗？"

泰比猫没有理睬她，只顾舔着自己那雪白的爪子。露茜只好去问花母鸡彭妮："花母鸡彭妮，你看到了我的三块小手绢吗？"可是，花母鸡彭妮却转过身"咯咯咯"地跑进鸡舍，边跑边喊着："我还光着脚呢！我还光着脚呢！我还光着脚呢！"

后来，露茜又去问站在树枝上的公鸡罗宾。

公鸡罗宾用他乌溜溜的黑眼睛瞥了一眼露茜，就扑扇着翅膀飞走了。

露茜顺着篱笆墙爬上台阶，朝小镇后面的山冈望去——远处的山冈云雾缭绕，山顶已经完全被大雾笼罩！

在一条通往山冈的路上，露茜觉得她好像隐约看到什么东西铺在远处的草地上。

露茜迈开双腿，朝着山冈飞奔而去。她沿着峭壁边上的小路一刻不停地跑啊跑，直到整个农场似乎都尽收眼底。仿佛随便扔一颗石头，准能落进谁家的烟囱里。

露茜不一会儿就跑到了一个山泉边上，泉水顺着山石流下来。

泉水下有人放了一个水桶在那里取水，水早就已经漫出来了，因为这个水桶还没有一个鸡蛋大！泉水边是湿润的沙地，沙地上印出一串极小极小的脚印。

露茜又继续往前跑啊，跑啊。

小路尽头是一块巨大的岩石，岩石边上长满了绿油油修剪整齐的青草地，草地上竖着几根晾衣竿，衣架上晾着几件小衣服，但唯独没有露西丢失的那几件！

这时，她发现旁边有一扇门，门里传出了一阵歌声。

露茜"咚、咚"敲了两下门，敲门声打断了里面的歌声，然后一个带着些害怕的声音问道："外面是谁啊？"

露茜推开门走了进去，你猜她看到了什么？居然是一个非常小的厨房，这个厨房干净整洁，地上铺着石板，像农场里人们的厨房一样。只是这天花板太低了，露茜一进来就差点撞到了头，再一看，里面所有的厨具和餐具都特别的小。

这时，露西闻到了一股焦糊味儿，有一个身材矮胖的夫人，拿着熨斗，站在桌边，眼神惊恐地看着露西。她的印花礼服向上卷着，一条大大的围裙系在条纹衬裙外面，小黑鼻头一抽一抽的，眼睛扑闪扑闪的；再看她帽子下面，没有像露西那样柔软的金色头发，而是一根根锋利的刺！

"你是谁？"露西问道，"你看见过我的手绢吗？"

胖夫人向露西行了个屈膝礼说道："哦，抱歉，你可以叫我温克夫人，我是一名勤劳的洗衣工！"说着她就从洗衣篓里拿出一件衣物，铺在熨衣板上。

"那不是我的手绢，那是什么东西啊？"露西问道。

"哦，抱歉，这是知更鸟的红背心！"

温克夫人细心地熨烫好小背心，然后叠好放在了旁边。

接着她又从晾衣架上取下了另一件衣物。

露西看到后又问："这是围裙吗？"

"哦，抱歉，这是瑞恩的锦缎桌布，你看，它被洒上了醋栗酒！这实在太难清洗了！"温克夫人回答道。

温克夫人的鼻子还是一抽一抽的，眼睛扑闪扑闪的，接着她又从火炉里取出了另一个热的熨斗。

"呀！这不是我的手绢和围裙吗？！"露西惊讶道。

"哦！太好啦！"温克夫人说着接过手绢和围裙，不一会儿就把它们熨烫整齐了。

"这些黄色的像手套一样的长长的东西又是什么啊？"

"哦，抱歉，那是花母鸡彭妮的长筒袜，你看她总在院子里刨来刨去的，袜子都破了，很快她就要光着脚了！"温克夫人回答说。

"啊！又有一条手绢，可惜不是我的，这是红色的吗？"

"哦，抱歉，那条小毯子是兔子太太的，上面都是洋葱的味道，只能把它拿出来单独洗了，这个味道实在让人受不了。"

"啊！又找到我的一条手绢。"露茜惊讶道。

"这些白色的小东西太可爱了，这是什么啊？"

"那是泰比猫的一双连指手套，手套是她自己洗的，我只要把它熨平就好了。"

"啊！我丢失的最后一块手绢也找到啦！"露茜开心地叫起来。

"咦？你刚刚把什么东西放进了洗衣盆里？"

"这是山雀汤姆的小衬衫，他的衣领简直脏到可怕！"温克夫人回答道，"我已经熨完衣服了，现在我要去把它们晾起来。"

"这些可爱的毛茸茸的东西是什么啊？"露西一边帮忙递衣服一边问道。

"哦，那些是小羊羔们的羊毛外套。"

"他们的外套都长得很像，难道不会拿错吗？"露茜问。

"哦，不会的，你留心看肩膀上的记号，这件盖着特斯加斯的字样，还有三件是从小镇送来的，我总是会在洗衣服时标上记号！"温克夫人回答道。

温克夫人把大大小小的衣服挂满了晾衣架，有小老鼠的棕色夹克，有像天鹅绒一般的鼹鼠的黑色外套，有一件没有后衣摆的红色燕尾服，这是小松鼠纳特金的，还有小兔子彼得那件缩了水的小小蓝色夹克，最后是一条洗衣时弄丢了记号的裙子，终于，篮子里的衣服全都晾完了！

晾完衣服，温克夫人和露茜坐在壁炉前的长凳上喝茶，她们互相对视着却没人说话，露茜上下打量着温克夫人，她发现温克夫人拿着茶杯的手是棕色的，由于常年泡在肥皂水里，手上都是皱纹。温克夫人的衣服和帽子都被尖尖的头发戳破了，所以露茜远远地坐着，害怕被扎到。

喝完茶，她们把衣服包裹好，打算去送衣服了。露茜也把她的手绢叠好，用围裙裹起来，还在外面用银针别上了。

出来锁了门，温克夫人把钥匙就藏在了门口的垫子底下。

她们抱着衣服沿着山冈一路向下走去！

一路上总能遇到从草丛中跑出来迎接她们的小动物，最先遇到了小兔子彼得和本杰明！

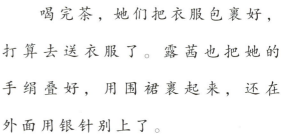

温克夫人把洗得干干净净的衣服送到了小动物们的手上，小动物们别提有多感激温克夫人啦！

当她们来到山脚下的石阶时，
衣服已经全都送完了，只剩露茜
自己的那个包裹了。

到了要回家的时候，露茜抱
着包裹爬上台阶，转过身来想要
和温克夫人告别，谁知一转身，
温克夫人连句道别也没有就不
见了！

此时，温克夫人正朝着山
顶飞快地跑去，她那有着白边
的帽子、她的披肩、她的长袍，
还有衬裙，全都不见了！

没有了衣服的温克夫人露出
了棕色的身体，棕色的爪子，还
有那满身的刺！原来，温克夫人
竟然是一只刺猬啊！

第七章

馅饼和馅饼盘的故事

很久以前，有一只叫瑞比的小猫，想要邀请小狗黛琦丝来家里一起享用下午茶。

于是她给黛琦丝写了一封邀请信："亲爱的黛琦丝，快来我的家里，和我一起享用美味的食物，我会为你烤制美味的馅饼，是用一个粉红色镶边的馅饼盘装的。我要把所有的馅饼都留给你，而我只要吃松饼就好了，快来和我一起享用吧，亲爱的黛琦丝。"

黛琦丝收到信后立刻就给瑞比写了回信："非常荣幸能够收到邀请，我会在四点十五分左右到达。实在是太巧了，我正想要去邀请你一起晚餐呢！亲爱的瑞比，我也准备了超级美味的食物。我一定会准时到达的，我亲爱的瑞比。"

最后她还补充了一句，"我们应该不会是要享用老鼠馅儿的馅饼吧？"

可是随后她又觉得这句话有失礼貌，于是就把这句话划掉了，改成了"希望一切的食物都很美味"。然后就把信寄出了。

但是她对瑞比的馅饼实在好奇，于是一遍又一遍地读着瑞比的来信。

"我实在担心会是鼠肉馅儿的馅饼。"黛琦丝自言自

语道，"我是真的、真的不敢吃鼠肉馅儿的馅饼，可是如果是在聚会中，我又不得不吃。我的馅饼都是用牛肉和火腿馅儿做的，再配上粉红边的饼盘。哦！她用的馅饼盘一定也和我的一样，因为我们都是从泰比莎的店里买的。"

黛绮丝走进了储藏室，

从壁橱上取下一盘馅饼，呆呆地望着。

"我的馅饼都已经做好了，只要放进烤炉里烤一下就好了。多漂亮的馅饼皮啊，我要把它们放在一个锡制的模具上，对了，还要在馅饼皮中间扎几个小洞，可以让蒸汽跑出来。噢，真希望可以吃我自己做的馅饼，而不是那个用鼠肉馅儿的。"

黛琦丝又把瑞比的信读了几遍，思前想后。

"一个粉色的饼盘，我会全部留给你，这个'你'应该指的就是我吧，瑞比是打算连尝都不要尝一口她自己做的馅饼吗？只有一个粉色的馅饼盘！那瑞比一定要出去买松饼了……哦！天哪，我有好主意了！趁瑞比出门的时候，我就赶去她家把我自己做的馅饼放进烤炉里，这样不就好了！"

黛琦丝觉得自己实在是太机智！

与此同时，收到回信的瑞比知道黛琦丝会来赴宴，就立刻把馅饼放进了烤炉中。瑞比的烤炉是上下两层的，烤炉的外面有很多按钮和把手，可那些都是装饰用的。瑞比把馅饼放在了下面那层，然后紧紧地关上了烤炉的门。

"上面那层烤得太快了，"瑞比自言自语道，"这是用最细嫩的老鼠肉切碎了加上培根做的馅儿，我已经把老鼠肉里的骨头全都剔掉了，上一次我开派对的时候，黛琦丝因为吃得狼吞虎咽的，差点被鱼骨头卡住喉咙。不过她还算是有教养的小狗，怎么都好过泰比莎。"

瑞比往烤炉里加了一些炭火，又把四周都清扫干净，接着瑞比提着一个水桶走到井边，想要打些水来加在茶壶里。

瑞比一刻也没休息，又开始清扫整理房间，因为这个房间既是客厅也是厨房。她把垫子拿到门口拍了拍，拍掉灰

尘再放回去，接着清理铺在烤炉边的兔毛地毯。然后是钟和壁炉架上的装饰品，这些全都擦了一遍，最后她又擦了桌子和椅子。

打扫完毕之后，瑞比在餐桌上铺了一块白色的桌布，她要在上面摆放自己最喜欢的陶瓷茶具。

她从火炉边的壁橱架上取出了一套白色茶具，上边描绘着精致的粉色玫瑰图案，餐具则是白蓝相间的。

瑞比布置好餐桌之后，拿起牛奶罐和一个蓝白色的盘子出门了，穿过田野去到农场，去取了一些牛奶和黄油回来。

回到家后，瑞比把烤箱门拉开一条小缝，往里瞧了一眼，馅饼看起来很是诱人。

披上披肩、戴上帽子，瑞比提着篮子又出门了，她要去村里的小商店，去买一包茶叶、一磅砂糖，还有一罐果酱。

就在这时，黛琦丝也从家里出发了，她的家就住在村子的另一头。

瑞比和黛琦丝走到半路的时候正好迎面遇见，她看到瑞比也提着一个篮子，上面还盖了一块布。她俩并没有过多交谈，只是互相点了一下头，因为一会儿她们就要在一起聚餐了。

黛琦丝转过街角，见瑞比已经走远，立刻朝着瑞比的家跑去。

瑞比来到店里，买了需要的东西，临走前还跟泰比莎聊了一会儿天。

泰比莎最后还不屑地问道："你不会真的邀请一只狗聚餐吧！小镇上难道连只猫也没有吗！下午茶吃馅饼，真是个好主意！"

离开泰比莎那里，瑞比又来到提摩太的烘焙店，买了一些松饼，接着就回家了。

当她走到家门口的时候，仿佛听到里面传来一阵慌乱的脚步声。

"一定不是烤馅饼的声音，也不可能是勺子掉落的声音，那是什么呢？"瑞比自言自语地说着。

此时屋里一个人也没有，瑞比走进去，费了好大一番劲才打开下层的烤炉，把馅饼翻了个面，鼠肉馅儿的味道扑鼻而来，相当诱人！

而此时，黛琦丝已经从后门溜走了。"真是奇怪了，瑞比的馅饼并没在烤炉里啊！我满屋子也没找到她的馅饼，只好把我的馅饼放进了上层的烤炉里，那里的温度刚刚好，其他的把手我也都转不动，估计都是装饰用的。"黛绮丝说道，"真希望能把那个老鼠肉的馅饼拿走，我实在想不出来，瑞比究竟把它们藏在了哪里呢？这会儿她也回来了，我只好先从后门逃跑了。"

黛绮丝回到家后，梳了梳她那件漂亮的黑色外套。又去花园里采了一束美丽的鲜花当作礼物。当四点的钟声响起，黛琦丝出门了。

瑞比在家里仔细检查了一遍，确认并没有人藏在橱柜和储藏室里，她这才安心地去楼上，换一身漂亮的衣服。

她穿了一条紫丁香色的裙子，还搭配了绣花的棉布围裙和围巾。

"这就奇怪了！"瑞比疑惑道，"我记得我并没有拉开抽屉啊，难道是有人来试戴过我的手套？"

瑞比换好衣服，回到楼下沏了一些茶，又把茶壶放回到炉火上。烤炉里，馅饼的颜色已经变成了诱人的棕色，向外冒着热气。

瑞比坐在火炉前，等待着客人的到来。

"幸好用了下层的烤炉，上面那层的火实在是太大了。"瑞比说道，"为什么橱柜的门是开着的？难道真的有人来过我的屋子？"

黛琦丝准时在四点钟出门前往瑞比家赴宴，穿过村庄的时候她跑得太快了，所以比约定的时间早到了一会儿，她就只好在瑞比家门前的巷子口待了一会儿。

"不知道瑞比把我的馅饼从烤箱里拿出来了没有？"黛琦丝自言自语道，"也不知道那个鼠肉馅儿的馅饼到底跑哪去了？"

四点十五分，瑞比家门口传来一阵礼貌的敲门声，"请问

瑞比太太在家吗？"黛琦丝捧着一
束花，站在门口向里问道。

"快进来！你好吗，我亲
爱的黛琦丝！"瑞比大声地招
呼着，"希望你一切顺利。"

"谢谢你，我很好，你好吗，
我亲爱的瑞比！我还为你带了
一束美丽的鲜花，啊，这馅饼
的味道闻着真是诱人啊！"

"噢，多漂亮的鲜花啊！你说对了，这是老鼠肉和培
根做的馅饼呢！"

"先不说吃的了，我亲爱的瑞比，你的白色桌布可真

漂亮啊！不过，馅饼烤
得怎么样了呢？还在烤
炉里吗？"黛绮丝问道。

"估计还需要五分钟。"
瑞比回答道，"很快就
好，我们一边喝茶一边

等，你要加糖吗，亲爱的黛琦丝？"

"噢，当然！我可以放一颗在我的鼻子上吗？"

"请随意，亲爱的黛琦丝。多美好的请求啊，真是甜蜜又可爱！"

黛琦丝坐下来，放了一块放糖在鼻子上，沉醉地嗅着味道。"馅饼的味道可真香啊！我太喜欢牛肉和火腿——哦，不，我的意思是鼠肉和培根馅儿实在很棒。"

慌乱中，黛琦丝不小心把放糖弄掉了，她赶忙钻到桌布下面去找，而这时，瑞比正好打开了烤箱拿出了馅饼，黛琦丝并没有看到瑞比的馅饼究竟是从哪一层拿出来的。

瑞比把馅饼放在桌子上，一阵阵香味扑鼻而来。

黛琦丝从桌子底下钻出来，嚼着那颗方糖，回到椅子上坐着。"我先帮你切一块馅饼，然后我再去拿松饼和果酱。"瑞比说道。

"你是真的更喜欢吃松饼吗？小心馅饼模具！"

"抱歉，你说什么？"
瑞比问道。

"要我把果酱递给你
吗？"黛琦丝急忙改口。

馅饼真的特别美味，松
饼吃起来也很松软，她们很
快就吃完了这些食物，尤其
是馅饼！

黛琦丝暗自思索道："刚才我自己切馅饼就好了，不
过还好瑞比切的时候并没发现异样，我记得我没把肉馅切
得这么细腻啊，可能
是瑞比家的烤炉比我
的烤炉烤得快吧。"

瑞比在给自己的
第五块松饼上涂抹果
酱，她也在暗自思
忖："黛琦丝吃东西
的速度可真快啊！"

馅饼盘很快就见底了！黛琦丝已经吃了四块馅饼了，可她还在用勺子在馅饼盘里扒拉着。"还要再来一些熏肉吗，亲爱的黛琦丝？"瑞比问道。"哦，不用了，亲爱的瑞比，我只是在找馅饼模具而已。"

"馅饼模具？你在说什么啊？亲爱的黛琦丝。"

"就是放馅饼的模具啊。"黛绮丝红着脸说道。

"噢，我没用馅饼模具啊，我亲爱的黛琦丝，做鼠肉馅饼从来都不需要用模具啊。"瑞比回答道。

可是黛琦丝还是用勺子不停地扒拉着，一边还不安地说道："为什么找不到呢！"

"确实是没有馅饼模具啊！"瑞比回答说，现在连她也有些不解了。

黛琦丝说："真的有的，亲爱的瑞比，可是我为什么找不见呢？"

"我可以确定里面肯定没有馅饼模具，亲爱的黛绮丝，我从来不用这些锡制的模具来做布丁和馅饼。模具实在是碍事。"瑞比说着，然后小声地补充道，"尤其当人们大口吃东西时。"

黛琦丝看起来十分惊恐，然后继续在盘子里扒拉了几下。

瑞比继续安慰道："我的姑姥姥，就是泰比莎的祖母，她在圣诞节的时候吃葡萄干布丁，一不小心吞进去了一个顶针，结果就去世了，所以我从来都不会在我的馅饼和布丁里放任何金属的东西。"

黛琦丝听完吓得目瞪口呆，甚至把饼盘竖起来找了一番。

"我只有四个馅饼模具，它们全都在橱柜里放着呢。"

黛琦丝忽然大叫起来："我要完了！我要完了！我居然吞下去了一个馅饼模具！噢，我亲爱的瑞比，我真的感觉我快难受死了！"

"不可能的，亲爱的黛琦丝，馅饼里根本没有模具。"

黛琦丝开始不断地呻吟着，身体也开始摇摇晃晃的，"噢，太可怕了，我居然吞下了一整个馅饼模具！""馅饼里根本不可能有模具！"瑞比严肃地回应道。

"有的，一定有的，一定是被我吞下去了！"

"我给你拿个枕头先靠着，亲爱的黛琦丝，你告诉我你觉得馅饼在你身体的哪个部位？""噢，亲爱的瑞比，我觉得我浑身都不舒服！我吞进去的那个模具那么大，上边还有锯齿边呢！"

"要不我去找医生来看看？不过让我先把勺子收起来！""噢，是的，是的，快去请麦考特医生来，亲爱的瑞比，喜鹊医生一定有办法的。" 瑞比把黛琦丝搀到壁炉边的椅子上坐下，然后她就急忙出门去村子里找医生了。瑞比在铁匠铺里找到了喜鹊医生，他正在把一颗锈迹斑斑的铁钉放进一个墨水瓶里，墨水瓶是他在邮局拿到的。瑞比跟他解释说自己的客人吞下了一个馅饼模具，需要他快去看一看。"不

可能的吧？哈哈！"喜鹊医生说道，带头就往瑞比家的方向走去。

喜鹊医生的速度太快了，瑞比只有跑起来才能追上他，由于他们的动静有点大，村子上的人全都知道瑞比请了一

位医生。泰比莎则幸灾乐祸地说："看吧，我就知道你们会吃撑着的！"

当瑞比急忙去找医生的时候，黛绮丝那里发生了一件奇怪的事情。她独自一人坐在壁炉边上，又是叹气，又是呻吟，特别不开心。"这个模具这么大，我是怎么吞下去的呢？"她随后起身来到桌前，又用勺子在馅饼盘里翻了几下。"还是什么都没有啊，可我确实放了一个模具进去，而且馅饼除了我没人吃啊，一定是被我吞进去了！"

她又坐回了椅子上，满面愁容地盯着壁炉，壁炉里的火苗噼里啪啦地响着，烧得特别旺！

黛琦丝忽然起身！跑到烤炉边，打开了上层的烤箱，一股浓郁的牛肉和火腿香味迎面扑来，一个色泽诱人的馅饼就在那里，透过亮棕色饼皮上的洞，赫然看见垫在下面的馅饼模具！

黛绮丝倒吸一口凉气，"那我刚才吃进去的一定就是鼠肉馅儿的馅饼了！怪不得会觉得难受呢，不过，要是我真的吃进去一个模具，那岂不是更惨！"

然后她暗自思索："这下就尴尬了，我要怎么跟瑞比解释呢！要不我把馅饼藏在后院，什么也不告诉她，然后等回家的时候，我再绕一圈回来，悄悄地把馅饼拿走。"

于是黛琦丝把馅饼藏在了后门外面，自己又回到火炉边坐着，闭目养神，当瑞比带着医生回来的时候，她就像睡着了一样。

"是装的吧？哈哈！你现在感觉怎么样呢？"医生问

道。"我现在觉得好多了。"黛琦丝醒了过来，跳起来回答道。"那太好了！亲爱的黛琦丝，医生还给你带了药来呢！""我已经没什么大碍了，不用吃药，医生帮我把把脉就好了。"黛琦丝边后退边说。可是喜鹊医生却步步逼近，嘴里还叼着一个东西。

"这不过是一粒面包药丸，你最好还是吃下去，然后再喝些牛奶，我亲爱的黛琦丝！"

"肯定是装的！哈哈！我就说这是不可能的！"黛琦丝一听喜鹊医生这么说，忽然又开始咳嗽，咳得上气不接下气。

瑞比终于忍不住对喜鹊医生发了火："不许你再说了，拿着你的面包和果酱，离开我家吧！"

"骗子，骗子！哈哈哈！"喜鹊医生边往外走边喊叫着。

"亲爱的瑞比，我现在已经感觉好多了。"黛琦丝说道，"我最好是赶在天黑之前回到家里。"

"你说的没错，我亲爱的黛琦丝，披上我这条最暖和的围巾，我扶着你回家吧。"

"我不能再给你添麻烦了，我觉得我已经好很多了，只是喜鹊医生给的那粒药丸……"

"如果一粒药丸就能治好你的病，那才真是神奇了。你回去好好休息，明天一吃完早饭，我就过去探望你，看你恢复得怎么样。"

和瑞比道别后，黛琦丝就开始往家走。沿着小巷子走了一半，她悄悄回头看了一眼，只见瑞比已经回到屋里，还关上了门。黛琦丝迅速地钻过篱笆墙，跑到瑞比家房子后面，朝院子里张望着。

只见喜鹊医生和三只乌鸦站在猪圈的屋顶上，乌鸦们津津有味地吃着馅饼，喜鹊医生则喝着馅饼盘里的汤汁。

"就知道你是骗子，哈哈哈！"喜鹊医生一看到黛琦丝的小鼻头探出墙角，就开始大声喊叫。

黛琦丝顿时觉得无地自容，转身就跑回了家！

这时瑞比来到院子里，打算打些水清洗茶具，忽然发现院子中间有一个被摔碎的馅饼盘，是一个粉红色镶边的馅饼盘，就在抽水泵的边上，当然，这都是喜鹊医生刻意做的。

瑞比惊讶坏了，"这是怎么回事！还真有一个一样的馅饼盘？可是我的馅饼盘都好好地放在碗橱里呢，这不可能是我做的啊！真是奇怪！看来下次再请客，还是请泰比莎好了！"

第八章

渔夫杰里米的故事

很久以前，有一只名叫杰里米渔夫的青蛙，他住在池塘边毛茛花丛中，一所潮湿的小房子里。

他的家里湿漉漉的，储藏室和走廊里也都是黏糊糊的水。杰里米渔夫很喜欢脚上湿湿的感觉，他并不会因此受到批评，也从来没有为此感冒过！

当他望向窗外，发现天空下起了大雨，豆大的雨点滴滴答答地落在池塘中，杰里米渔夫简直是欣喜若狂！

他说："我要去抓些虫子做诱饵，去钓些鱼来当晚餐。如果我能钓到五六条鱼，我就要邀请我的朋友乌龟议员和牛顿伯爵一起共进晚餐，因为议员先生爱吃鲜鱼沙拉。"

杰里米渔夫身披雨衣，脚穿亮堂堂的雨鞋，拿起鱼竿和鱼篓，蹦着跳着朝着他放船的地方跑去。

他的船是绿色的、圆圆的，和

池塘里漂浮的荷叶特别像，杰里米渔夫把它拴在了一棵水草上。

杰里米渔夫拿起一根芦苇秆当船篙，用力一撑，把船划到开阔的水面上。"我最知道哪里是钓鱼的好地方了。"杰里米渔夫说道。

到了地方之后，他把船篙深深地插进泥里，把小船拴在了上面，然后，他盘腿坐下来，开始认真地准备钓鱼用的东西。他那红色的鱼漂特别可爱，钓鱼竿是一根坚硬的草秆，系着白色马尾毛做成的渔线，渔线末端拴着一条蚯蚓作诱饵。

天空飘着细雨，雨水顺着杰里米渔夫的后背流了下来，他就这么一动不动地盯着钓鱼竿盯了快一个钟头。

"这实在是太无聊了，我想我要去吃些午餐了。"杰里米渔夫说。

他把船又撑回到水草中，从篮子里拿出了他的午餐。

"我要吃一个蝴蝶三明治，然后等到雨停了再去钓鱼。"杰里米渔夫说。

这时，一只巨大的水甲虫悄无声息地游到了荷叶下面，看见杰里米渔夫泡在水里的脚，游过去使劲儿夹了一下他的橡胶雨鞋。杰里米渔夫把脚收了回来，腿盘得更紧了，继续坐在小船上吃着三明治，水甲虫夹不到鞋子，只好游走了。

池塘边的水草丛中，总是有什么东西发出窸窸窣窣的声音，偶尔还溅起一些水花。

"那里肯定是有老鼠！"杰里米渔夫说，"我还是赶紧离开这里吧。"

杰里米渔夫撑着船，往水面上划出去一些，在那里再一次抛下鱼饵，这次鱼饵瞬间就被咬住，鱼漂不停地摆动着！

"啊！是银鱼！是银鱼！我终于钓到鱼了！"杰里米渔夫兴奋地大叫着。

但是这简直是个可怕的惊喜，原来这并不是普通的小银

鱼，他钓到的竟是一条浑身长满了刺的小棘鱼！

棘鱼被钓上来之后，在船上不停地甩着尾巴扑腾着，又咬又扎，直到筋疲力尽，才又一下蹿回水塘里。

水塘里的小鱼们一个个都探出脑袋来，嘲笑杰里米渔夫。

杰里米渔夫闷闷不乐地坐在船上，呆呆地看着池塘的水面，嘴里吸吮着被鱼刺伤的手指，而此时，更糟糕的事情发生了，要不是杰里米渔夫穿着他的雨衣，后果简直不堪设想。

随着一阵"噗啦啦——"搅动水的声音，一只巨大的鳟鱼从水塘中一跃而起，一口咬住了坐在船上发呆的杰里米渔夫！伴随着一阵惊呼声，鳟鱼咬着杰里米渔夫迅速地潜入了水塘深处！

谁知，橡胶雨衣那塑料的味道让大鳟鱼感到特别恶心，不到一分钟，大鳟鱼就把杰里米渔夫从口中吐了出来，可是杰里米渔夫的橡胶雨鞋却被大鳟鱼给吞了下去。

杰里米渔夫抓住机会，纵身一跃跳出水面，像是汽水里向上翻腾的气泡，一个劲往上蹿，奋力向岸边游去。

他的脚一触到河岸，就立马
跳了上去，披着他那已经破烂不
堪的雨衣，穿过草地，朝着家的
方向跳去。

"天哪，幸好那不是一条梭子
鱼！"惊魂未定的杰里米渔夫感叹
道，"我的钓鱼竿和篮子也丢了，
不过没关系，我肯定这辈子都不会
再去钓鱼了！"

回到
家，他在受伤的手指上涂了药
膏，他的朋友也准时过来参加晚
宴，虽然他没有鱼来招待朋友
们，好在他的仓库里还储备了一
些其他的食物。

牛顿爵士穿着他那件带黑条
纹的金色背心。

乌龟议员则提着一包蔬菜沙拉过来了。

那天晚上，他们并没有吃到美味的银鱼大餐，不过用瓢虫酱烤的蝗虫对青蛙来说，绝对是一顿美味的大餐。不过我想，那味道对我们来说一定难以下咽。

第九章

娃娃小姐的
故事

这只小猫咪名字叫娃娃小姐，她似乎听到了老鼠的动静！

这只小老鼠就鬼鬼祟祟地躲在碗橱后面，此刻他正在逗娃娃小姐玩呢，因为他一点也不害怕这只小猫咪。

娃娃小姐跳起来要去抓小老鼠，可惜跳得太慢了，没有抓到小老鼠，反而一头撞到了碗橱上。

这个碗橱实在是太硬了，撞得她脑袋疼。

逃掉的小老鼠此刻就坐在碗橱上方，盯着下面的娃娃小姐。

娃娃小姐找来一块花布，把自己的头蒙了起来，然后就坐在火炉边。

小老鼠心想：娃娃小姐是不是受伤了啊？于是他就顺着拉铃铛的绳子滑了下来。

娃娃小姐看上去越来越难受，小老鼠也小心翼翼地越走越近。

娃娃小姐用爪子抱着她那可怜的脑袋，透过花布上的破洞，看到小老鼠已经离她非常近了。

就在这一瞬间，娃娃小姐一跃而起扑到了小老鼠身上！

娃娃小姐曾经被这只小老鼠戏弄过，于是，她觉得她也可以戏弄下这只小老鼠。但是这样的行为却一点也不好。

她把小老鼠包在花布里系上，像玩儿球一样抛来抛去。

但是她却忘了花布上面还有一个洞，当她打开花布的时候，发现里面早已空空如也，什么都没有了！

原来小老鼠早就逃了出来，此刻正在碗橱上面，开心地跳着舞庆祝呢！

第十章

小猫汤姆的故事

很久以前，有三只可爱的小猫，他们的名字分别是米敦思、小猫汤姆和娃娃小姐。

他们个个都穿着毛茸茸的大衣，总爱在门口的台阶上翻来滚去，最后弄得一身灰。

有一天，猫妈妈要招待她的朋友来家里喝下午茶，在朋友来之前，猫妈妈打算带小猫好好地梳洗打扮一番。

猫妈妈先端来了一盆水，擦一擦小家伙们的大花脸，这会儿站在椅子上的就是娃娃小姐。

猫妈妈又拿来一把梳子，把小家伙们的毛梳得可顺了，现在站在椅子上的是米敦思。

猫妈妈接着把小家伙们的尾巴和胡须全都理顺了，喏，抬着手的就是小猫汤姆了。

汤姆特别淘气，小爪子总是不停地挠来挠去。

猫妈妈给米敦思和娃娃小姐穿上可爱的连衣裙和小围裙，又从衣柜里拿出一套绅士却不怎么好穿的衣服，想要把汤姆打扮成一个绅士。

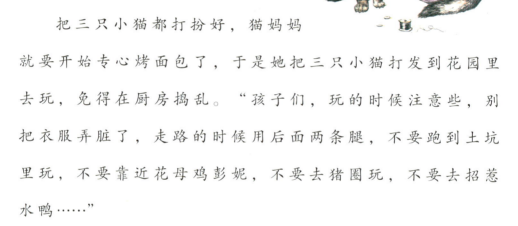

汤姆胖胖的，现在又长了个子，衣服一穿上就被挣掉了几颗扣子，猫妈妈只好拿出针线包，把扣子又缝了上去。

把三只小猫都打扮好，猫妈妈就要开始专心烤面包了，于是她把三只小猫打发到花园里去玩，免得在厨房捣乱。"孩子们，玩的时候注意些，别把衣服弄脏了，走路的时候用后面两条腿，不要跑到土坑里玩，不要靠近花母鸡彭妮，不要去猪圈玩，不要去招惹水鸭……"

娃娃小姐和米敦思踮着脚小心翼翼地向前走着，谁知，没走几步就一脚踩到了裙子，两个小家伙都摔了个大跟头。等起身一看，发现裙子上多了几块绿色的斑点。

"我们从假山爬上去，到花园的围墙上去玩吧。"娃娃小姐提议说。

于是她们把围裙转到身后，蹦蹦跳跳地朝着假山跑去，这时，娃娃小姐的围裙还不小心掉在了路边。

再看汤姆，他的后腿被裤子束缚着跳不起来，只好慢慢边走边拨开面前的草丛，结果这些植物还是刮破了他的衣服，也刮掉了几颗纽扣。

等他爬上山顶的时候，衣服已经破烂不堪了。

娃娃小姐和米敦思想帮汤姆整理衣服，结果一用劲，不仅把汤姆的帽子弄掉了，就连剩下的几颗纽扣也没能幸免，全都飞走了。

正当他们乱成一团的时候，下面传来了"啪嗒啪嗒"走路的声音，原来是三只水鸭排列整齐、大摇大摆地走过来了。一边走还一边跺脚"啪嗒、啪嗒、啪嗒"。

走到围墙下面，水鸭们排成一排停了下来，用他们那小小的眼睛惊讶地看着小猫们。

其中两只水鸭小姐，捡起他们掉在地上的围裙和帽子，戴在了自己的头上。

米敦思看到后大笑不止，直接从围墙上跌了下来，娃娃小姐和汤姆紧接着也跳了下来，这么一跳，小猫们身上剩下的一点衣服就全都散落了下来。

"快来啊，水鸭先生。"娃娃小姐喊道，"快来帮我们一起给汤姆穿衣服！快来帮汤姆把纽扣钉上吧！"

水鸭先生不紧不慢地踱着步子，拿起了掉在地上的衣服。

谁知他却把衣服穿在了自己的身上，这衣服穿在水鸭先生的身上比穿在汤姆身上更加滑稽。

"啊，真是一个美好的清晨啊！"穿上衣服的水鸭先生说道。

穿上了小猫们的衣服，三只水鸭又排着队，"啪嗒、啪嗒、啪嗒"摇摇摆摆、头也不回地朝前走去！

猫妈妈这时来到花园，发现了这三只光着身子蹲在围墙上的小猫。

猫妈妈把他们拉下围墙，挨个修理了一顿，带着他们回家了。

"我的朋友们很快就要到了，你们这样子实在没法见人，你们太让我羞愧了！"猫妈妈生气地说道。

回到家里，猫妈妈把三只小猫关到了楼上，当朋友来的时候，猫妈妈说，"实在抱歉，小家伙们出了麻疹，这会儿正躺在床上休息呢。"当然，这些都是假的。

事实恰恰相反，他们连一分钟都没有安静地待在床上。

当尊贵的客人在楼下享受下午茶时，不知怎的，楼上总有阵阵异样的吵闹声传来。

我想，之后我一定要好好写一本厚厚的书，好把汤姆的故事全都说给你听！

至于那些水鸭们，他们像往常一样到水塘游泳。而衣服和帽子全都滑落进了水里，因为衣服上根本没有纽扣可以系上。

从那以后，你就经常能看到，水塘里总有三只水鸭在那里寻找什么。

第十一章

笨水鸭杰迈玛的故事

一群小鸭子跟在一只母鸡后面，这画面实在是太有意思了！

来听一听这个关于笨水鸭杰迈玛的故事吧，她此刻非常的气愤，因为农夫的妻子不让她自己来孵蛋。

但她的弟媳，瑞贝卡夫人却非常开心不用自己孵小鸭，"我可没有耐心在窝里蹲二十八天，就只为了孵蛋，你也别浪费时间了，杰迈玛，你应该让别人来帮你做！"

"我渴望能够自己孵蛋，我要亲自把他们孵化出来！"杰迈玛嘎嘎嘎地叫着。

杰迈玛试着把她的蛋都藏起来，但是总是会被人找出来然后拿走。

杰迈玛慢慢变得有些绝望，于是她下定决心，要在远离农场的地方建一个窝。

在一个风和日丽的下午，杰迈玛沿着小路，向着山那边走去。

她披着一条披肩，戴着一顶无边帽。

她爬到了山顶，看见不远处有一片森林。

那里看起来是个安全又清净的地方，杰迈玛觉得就是那里了。

杰迈玛并不擅长飞翔，她只是扇动着披肩朝山下跑了一段，然后奋力一跳，向着天空飞去。

好在杰迈玛起飞得还算不错，这会儿正平稳、优雅地飞在空中。

她掠过树梢，飞了一段路程，看见树丛中有一块空地，四周好像被人修整过一样。

杰迈玛笨拙地着陆之后，就开始寻找可以做窝的干燥地方，她很喜欢那个被吊钟花包围着的树桩。

但是，再看那个树桩，上面坐着一位穿着讲究的狐狸绅士，此刻他正在那里看报纸。

他长着黑色的耳朵、棕色的胡须。

"你好！"杰迈玛走过去，歪着脑袋跟这位绅士打招呼，"你好！"

绅士从报纸中抬起头来，细细地打量着杰迈玛。

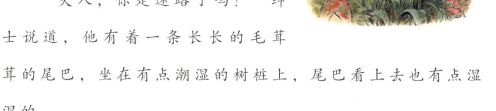

"夫人，你是迷路了吗？"绅士说道，他有着一条长长的毛茸茸的尾巴，坐在有点潮湿的树桩上，尾巴看上去也有点湿湿的。

杰迈玛觉得这个人既礼貌也很英俊，就跟他说道，她不是迷路了，只是想找一个干燥的地方，让她可以做窝。

"啊！原来如此！"这位有着
棕色胡须的绅士说道，一边继续好
奇地打量着杰迈玛，然后他把报纸
叠起来，放进了口袋里。

杰迈玛开始向绅士抱怨那只多
管闲事的母鸡。

"可不是吗！实在是有意思，
要是让我遇到那只鸡，我一定教她
怎么管好自己的事！"

"想要做窝，一点问题都没有，我的柴房里有很多的
羽毛，你都可以拿去用……哦不！我亲爱的夫人，你完全
可以在这里住下，想住多久就住
多久，也不用听旁人的意见。"
绅士说道。

他带着杰迈玛来到了一座房子
面前，房子看起来又僻静又阴森。

房子是用木柴和草皮搭建
的，房顶有两个破桶用来当烟囱。

在房子的后面，有一个用旧肥皂盒搭的小棚子，"这可是我的避暑胜地呢！"好客的绅士说道。

绅士打开门，让杰迈玛走进去瞧了瞧。房间里面充满了羽毛，虽然有点透不过气来，但是这些羽毛柔软又舒服，实在是做窝的好地方。

虽然杰迈玛对这满满一屋子的羽毛也感到奇怪，但这地方实在太舒服，她也就毫无顾虑地在那里做起了窝。

当她出来的时候，这位绅士还在树桩上看报纸，只是他的余光却一直透过报纸，瞄着小棚子。

对于没能让杰迈玛留下来过夜，这位热情好客的绅士感到十分遗憾，他答应杰迈玛，一定替她好好照看她的窝。

从那以后，杰迈玛每天下午都会过来，她在那里生了九颗大大的鸭蛋。这个狡猾的绅士非常爱惜这些鸭蛋，每当杰迈玛不在的时候，他总要过去数一数这些蛋。

没多久，杰迈玛告诉他，明天她要开始孵小鸭了，"我会带一包玉米过来，这样我就不用离开他们，直到把他们孵出来。"杰迈玛尽职地说着。

"夫人，你就别带着袋子这么麻烦了，我会为你提供燕麦的，在你开始孵小鸭之前，我想请你吃一顿饭！但是

可以麻烦你在农场的菜园里摘一些香料吗？就是鼠尾草、百里香、薄荷和两个洋葱，还有一些香菜，我就来准备煎蛋要用的油。"这位好客的绅士说道。

杰迈玛真是个傻瓜，对这位绅士的话深信不疑，就连鼠尾草和洋葱都没能让杰迈玛起疑心。

她来到园子里，四处寻找这些香草——这些人们常用来做烤鸭的香草。

杰迈玛又走进厨房，从篮子里拿了两颗洋葱。

牧羊犬看到她走出来，上前去问道："你拿这些洋葱做什么？你这几天一到下午就自己一个人走掉了，是去哪里了啊，杰迈玛？"

杰迈玛一直都很尊敬牧羊犬，于是就把这几天发生的事情全都告诉了牧羊犬，当她说到那位有着棕色胡须、热情好客的绅士时，牧羊犬笑了笑。

他问了问关于树林的事情，仔细地询问了房子和棚屋的位置。

了解了情况之后，他一路小跑着穿过村庄，去找那两只和屠夫出去散步的猎狐犬。

在一个阳光明媚的下午，杰迈玛背着一大包的香料和洋葱，再次向着树林飞去，她穿过树梢，在长尾巴绅士家对面停了下来。

此刻绅士正坐在一个树桩上，不安地嗅着周围的空气，当杰迈玛落下来时，吓了他一跳。

"你去检查过那些蛋后就立马到我的屋里来，把煎蛋的香草给我，快点！"绅士忽然粗暴地对杰迈玛说。杰迈玛惊讶极了，她从来没见过这位绅士这样说话，这让她觉得很不安。

她进到棚子里，听到周围传来了啪嗒啪嗒的脚步声，然后一个黑黑的鼻头透过门缝向里嗅着，突然，门被锁上了，杰迈玛一下子惊慌失措起来。

不一会儿，外面传来了可怕的声音——犬吠声、咆哮声、尖叫声还有呻吟声。

随后，牧羊犬打开了棚子的门，放出了杰迈玛。

再不见那个长着胡须的绅士了。

不幸的是，棚子门一打开，另外两只狗就疯狂地冲了进去，瞬间吃掉了所有的鸭蛋，根本都还来不及阻止。

等牧羊犬反应过来，冲上去就是一顿撕咬，咬掉了他们其中一只的耳朵，最后这两只狗只好一瘸一拐地走掉了。

牧羊犬一直护送着杰迈玛回到了家中，因为失去了鸭蛋，杰迈玛一路上都是眼含泪水。

六月的时候，杰迈玛又生了很多的鸭蛋，这次她被允许可以亲自来孵化小鸭，虽然最后也只孵化了四只出来。

杰迈玛终于能自己孵出来小鸭了，她感到很欣慰，但她始终觉得自己是个不称职的妈妈。

第十二章

大胡子塞缪尔的故事

猫妈妈泰比莎总是因为她的三个孩子烦心，因为孩子们总是趁猫妈妈不注意，就跑得无隐无踪，最后被发现的时候，一定是又在哪里闯了祸。

这一天，猫妈妈打算烤些面包，为了避免孩子们又来捣乱，她就把孩子们关进了壁橱里。

娃娃和米敦思都已经被关了进去，可是汤姆却早已不知跑到哪里去了。

猫妈妈到楼下食品储藏室，没有找到汤姆；去卧室里最棒的藏身之处，也只弄了一身灰；她又去阁楼里找了找，还是没发现汤姆。

猫妈妈扫视着整个屋子，他们的家是一栋老房子，房子的墙壁厚厚的，里面还时不时地会传出一些奇怪的声音，好像那里有一条秘密通道似的。

在厨房的壁板上，还有一个奇怪的小门。那些奶酪和熏肉，总是在夜晚就神秘地丢失了。

猫妈妈越找越烦心，最后气得喵喵直叫。

而就在猫妈妈满屋子找汤姆的时候，娃娃和米敦思又开始闯祸了。

她们看猫妈妈忘记锁上壁橱的门，就推开门，跑了出来。

火炉面前放着一团面，猫妈妈打算等火升起来以后就放进去烤，两个小家伙看妈妈不在，径直朝着那团面走去。

她们用柔软的小爪子揉着面，米敦思说："我们要不自己来做一些可爱的小松饼吧？"

就在这时，一阵敲门声传来，吓得娃娃一头钻进了面粉桶里。

米敦思也跳到牛奶柜上，躲进了一个空的牛奶罐里。

原来是邻居瑞比太太，她想来找猫妈妈借一些酵母。

猫妈妈听到敲门声，从楼上走了下来，"瑞比表姐，快进来坐，我这会儿正在担心呢！"猫妈妈眼含

着泪说，"我找不到汤姆了，我怕他被那些老鼠抓走了。"说着拿起围裙擦了擦眼泪。

"他实在太淘气了，我上次来喝茶，他还把我最好看的帽子拿去当摇篮了。你都去哪里找他了呢？"

"整个房子都找遍了！我们家

里实在太多老鼠了，到处都是乱糟糟的，我真是没法管了！"猫妈妈说道。

"我可不怕那些老鼠，我来帮你一起找汤姆吧，这次找到一定要好好教训他一次！咦？！壁炉上这些是什么？"

"是不是壁炉也该清扫了？噢，我的天哪！瑞比表姐，这下连娃娃和米敦思都不见了！"

"她们俩都不在壁橱里了！"

于是她们只好把房间整个又搜查一遍，就连床底下也被瑞比拿伞捅了捅，柜橱、衣橱也都翻了个遍，结果还是一个都没找见。就在这时，楼下传来了重重的关

门声和一阵混乱的脚步声。

"一定是老鼠！"猫妈妈说道，"上周六，我在厨房的墙洞里一下抓住了七只小老鼠，我把他们都做成了晚餐。

还有一次我看见一只老鼠爸爸，是一只又老又凶的大老鼠，他还朝我龇他的大黄牙，然后飞快地钻进了洞里。"

"这些老鼠实在让我不得安宁，瑞比表姐，我都快疯了！"猫妈妈说道。

瑞比和猫妈妈又找了一会儿，忽然听到阁楼的地板下传出了东西滚动的声音，但是过去之后，却什么也没发现。

于是她们又回到了厨房，这时瑞比一把将娃娃从面粉桶里揪了出来，说："至少在这里能找到一只猫。"

　　她们拎着小猫抖了抖，把面粉从她身上抖了下去，然后把她放在地板上，趴在地板上的娃娃这会儿害怕得要命。

　　"噢！妈妈，妈妈！"娃娃叫着，"厨房里有一只大老鼠，他偷了我们的面团！"

　　瑞比和猫妈妈立马跑去查看面团，果然上面有一双爪印，面团缺了一块！

　　"娃娃，你看到他往哪里逃了吗？"

　　娃娃那时已经害怕地躲进了面粉桶里，什么也没看见。于是瑞比和猫妈妈安顿好娃娃，继续四处搜查。

　　她们检查牛奶柜，发现米敦思躲在一个空的牛奶罐中。

　　她们把罐子放倒，好让她爬出来。"噢！妈妈，妈妈！"米敦思一看到妈妈就叫着。

　　"哦！妈妈，妈妈，刚才牛奶柜里有一只超级大的老鼠，他偷了我们一块黄油和一根擀面杖。"

瑞比和猫妈妈对视了一眼。"擀面杖和黄油！噢，我可怜的汤姆！"猫妈妈惊慌地握紧了她的爪子。

"一根擀面杖？"瑞比阿姨问道，"我们刚才检查阁楼的时候，是不是有听到咕噜咕噜滚动的声音啊？"

瑞比和猫妈妈再次冲上楼，果然，地板下面的声音还在持续着。

"这太严重了，泰比莎！"瑞比说道，"我们必须立刻去找金吉尔，还要带上他的锯子"

这就是目前发生在汤姆身上的故事，这也告诉我们，在这样的老房子里到处乱窜，是一个多么不明智的选择，也许在某一个拐角处，就会有一只大老鼠等着你呢。

原来，汤姆一点也不想被关在碗橱里，所以当猫妈妈转身去揉面团时，他就看准时机藏了起来。

他已经看好了藏身之所，就是躲在烟囱里。烟囱下面，火炉里的火刚刚升起，还不是很热，冒着缕缕白烟，汤姆爬上壁炉台，往上看着烟囱，这个老式的烟囱，里面的空间很大，甚至可以容纳一个成年人在里面行走，所以容纳一只猫是绝对没有问题的。

汤姆顺着吊杆往上爬，然后跳到了烟囱里的台阶上，慌乱中还蹭掉了一些煤灰。

汤姆被烟囱里的烟呛得直咳嗽，再看壁炉里的火，噼里啪啦地越烧越旺，不停往烟囱里冒着烟，于是汤姆决定

干脆一直爬到烟囱顶上，再从那里钻出去，没准还能在房顶抓几只麻雀呢。

"我可不能从烟囱里回去了，万一不小心掉了下去，

我这漂亮的尾巴和蓝色的小夹克就要被火烧坏了。"

这个大大的老式烟囱，像一座小塔立在房顶上，阳光从石板缝照进烟囱里。

汤姆在烟囱里爬啊爬，谁知越往上越黑，汤姆开始有些害怕了。

汤姆在里面又爬了一会儿，浑身蹭得黑不溜秋的，就像一个影子一样。在黑暗里前行实在太困难了，而且烟囱里好像还有很多的岔路。

虽然上面的烟雾少一些，汤姆还是迷路了。

汤姆爬啊爬，在快爬到顶端的时候，他发现不知谁在烟囱壁上凿了一个洞，洞边还散落着几

根羊骨头。

"这太奇怪了！"汤姆自言自语着，"有谁会躲在烟囱里面啃骨头呢？真希望我从没来过这里！这么奇怪的味道，闻起来真的很像老鼠，这味道太呛鼻子了，让我直想打喷嚏。"

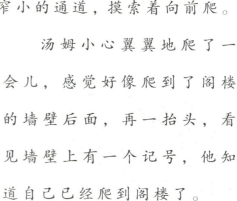

汤姆挤进那个小小的洞口，洞里伸手不见五指，汤姆沿着窄小的通道，摸索着向前爬。

汤姆小心翼翼地爬了一会儿，感觉好像爬到了阁楼的墙壁后面，再一抬头，看见墙壁上有一个记号，他知道自己已经爬到阁楼了。

就在那时，黑暗中的汤姆忽然一脚踩空，跟着就摔进了一个洞中，掉在了一堆脏兮兮的破布上面。

汤姆站起身来检查自己有没有受伤，然后环顾四周，发现自己站在一个完全陌生的地方，尽管他从出生就住在这个房子里，他也从没在家里见过这个地方。

这个地方又脏又破，到处都是蜘蛛网、碎木头和墙灰。

而就在汤姆的对面，一只长着胡须、身形巨大的老鼠，就这么坐在那里，他就是老鼠塞缪尔。

"你是谁？一身煤灰脏兮兮地跑到我的床上要做什么？"塞缪尔咬牙切齿地问道。

"抱歉，先生，我只是在打扫烟囱。"可怜的汤姆回答道。

"玛利亚！玛利亚！
快来啊！"塞缪尔突然大
叫起来，听到喊叫声的母
鼠玛利亚急忙跑来，结果
匆忙中一头撞到了木头上。

当她反应过来，起身冲向汤姆的时候，汤姆终于知道
要发生什么事情了。

玛利亚冲过去扒掉了汤姆的衣服，又用绳子一圈圈捆
住汤姆，绑得无比结实，像个粽子一样。

塞缪尔坐在那里一边看玛利亚绑着汤姆，一边用鼻子
嗅来嗅去。玛利亚绑完之后，两只老鼠全都张着嘴坐在对
面，直勾勾地盯着汤姆。

"玛利亚，"塞缪尔开口说
道，"玛利亚，不如晚餐咱们就
做一顿猫肉馅儿的布丁卷吧。"

"那我还需要面团、黄油和一根擀面杖。"玛利亚说着还不停地打量着汤姆。

"不用。"塞缪尔回答，"也可以用面包屑做啊。"

"胡说八道！必须要用黄油和面团。"玛利亚顶了回去。

两只老鼠交头接耳地商量了一会儿，最后决定分头行动。

塞缪尔径直穿过墙壁，迅速跑到厨房里偷了一块儿黄油，厨房里一个人也没有。

于是他又再一次跑出去，这次他偷了一根擀面杖，他用两只前爪推着擀面杖往家里滚着。推着的时候他听到了瑞比和猫妈妈的说话声，不过这会儿她们正忙着点蜡烛检查衣

橱，根本没察觉到塞缪尔。

这时玛利亚也偷偷溜进了厨房，从面盆里偷了一块儿面团。

玛利亚用爪子抄起一小团面，放在了碟子里，忙着偷面的她根本没有发现藏在面粉桶里的娃娃。

这时，被单独留在老鼠洞中的汤姆，不停地扭动着身体想要制造些动静寻求帮助。

可是他的嘴里都是蜘蛛网和煤灰，身体也被捆得动弹不得，根本不可能有人能听见他的呼救。

只有一只从天花板钻进来的蜘蛛，远远地看着这个被捆得像粽子一样的小可

怜。汤姆不停地挣扎着，直到最后筋疲力尽。

不一会儿，老鼠们回来了，开始动手把汤姆做成布丁卷。先是在他的身上涂满了黄油，然后再卷进了面团里。"这根绳子会不会不好消化啊？"塞缪尔疑惑地问道。

玛利亚反倒觉得这根本不算什么，只是汤姆不停地扭来扭去，玛利亚只好揪着他的耳朵，不让他动。

惊慌失措的汤姆不停地撕咬着，往面团上吐口水，不停地挣扎着，可是老鼠们却不管了，抬起擀面杖就在汤姆的身上滚来滚去。

"他的尾巴还在外面呢！玛利亚，你为什么没拿回来足够的面团。"

"我要是拿得动早就拿了。"玛利亚顶了回去。

"我才不信呢！"塞缪尔扔下了手中的擀面杖，"我觉得这个布丁卷不会好吃的，他闻起来臭臭的"

玛利亚正想跟他争论一番，忽然头顶传来了一阵锯子锯木头的声音，还伴随着狗吠声！

两只老鼠惊惶地扔掉了手中的擀面杖，仔细听着上面的动静。

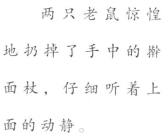

"不好，我们被发现了，玛利亚，快去收拾东西逃命啊！"

"看来我们今天是吃不上猫肉布丁卷了"

"不过，不管你想怎么狡辩，这些绳子肯定是不好消

化的！"

"快去帮我把那几根羊骨头包好，还有我藏在烟囱里的熏肉。"玛利亚喊叫着。

当金吉尔用锯子锯开了壁板，底下只有一根擀面杖，和那个被包成了脏兮兮的布丁卷的汤姆，除此之外什么也没有了，老鼠们早就跑得无隐无踪，只留下了满洞的鼠臭味儿。

金吉尔又检查了好一会儿，发现确实没有老鼠了，就把木板钉好，收拾好工具，拎着包下了楼。

猫咪一家现在终于恢复了平静，他们邀请金吉尔留下来一起共进晚餐。可惜金吉尔还有其他的事情要忙，只好先走了。

汤姆被救出来之后，猫妈妈一层层地剥去裹在他身上的东西，又给他洗了一个热水澡，汤姆这才又变得干干净净。

那天下午晚些时候，我去邮局寄一封信，走到小路的转角处，看到了落荒而逃的塞缪尔和他的太太，他们抱着大包小包的东西，坐在一辆手推车的后面，依旧不停地争吵着，那个手推车看起来特别像是我的。不过我确信我肯定没有把手推车借给他们。

　　他们逃到农夫土豆先生家的谷堆旁边，用绳子把一件件行李拉到谷堆的顶上。

　　从那以后，猫妈妈的家里再也没有老鼠出没了。

　　不幸的是，农夫土豆先生家却不得安生了，谷仓里老鼠一天天多了起来，他们偷鸡吃、偷燕麦吃，还在米袋上啃了好几个洞，简直要把他气疯了！

当然，那些全都是塞缪尔和他太太的孩子，还有他们的子子孙孙们。

多得数都数不过来。

而娃娃和米敦思长大后则成了非常棒的捕鼠能手。

她们到处帮村子里的人们去捉老鼠，并且以捕鼠为业，还得到了非常高的报酬，生活也越来越富裕。

她们每抓住一只老鼠，就把老鼠的尾巴钉在谷仓的门上，来显示她们的能力，现在门上已经钉了一打又一打的尾巴。

不过，可怜的汤姆从那以后就非常害怕老鼠，见到老鼠总是远远地躲开，再也不敢和老鼠正面交锋了。

第十三章

弗洛普西家的小兔子

我曾听人说，如果莴苣吃太多，就会想睡觉，我从来没有因为吃莴苣而犯困过，可能我不是只兔子吧，你看弗洛普西家的小兔子们，吃完莴苣立刻就能被催眠！

小兔子本杰明长大之后，就和他的表妹弗洛普西结婚了，他们有很多很多的孩子，家里每天都是热热闹闹的。

当然，我可记不住他们每一个孩子的名字，所以大家都以"弗洛普西家的小兔子"来称呼他们的孩子。

由于家里人太多，食物就总是不够吃，本杰明还曾向弗洛普西的弟弟彼得兔借一些卷心菜，因为他们自己有一个菜园子。

可是有时候，彼得也没有多余的卷心菜能给他们。

每当这个时候，弗洛普西家的兔子们就会穿过田地，来到麦格雷戈先生家菜园外的一条沟渠边的杂物堆里，去那里寻找能吃的东西。

麦格雷戈先生家的杂物堆里真的什么都有，有果酱瓶、牛皮纸袋，堆得像山一样的刚割下来的青草，还散发着浓郁的草香，有时还有一些坏掉的蔬菜和一两只旧靴子。这一天，他们发现了一些老莴苣，莴苣都老得开了花了，小兔子们也都乐开了花。

于是弗洛普西家的兔子们毫不客气地享受了这顿莴苣大餐，每只兔子都吃得肚子圆鼓鼓的，躺在刚割下来的青草上打起了盹。

本杰明没有像孩子们那样倒头就睡，而是在睡觉之前找了一个牛皮纸袋套在头上，免得被那些嗡嗡叫的苍蝇打扰到美梦。

弗洛普西家的小兔子们在温暖的阳光下舒服地睡着觉。远处的草坪上，割草机正在割草，围墙上有一只百灵鸟在唱着歌，旁边有一只老鼠正在从杂物堆中翻出那个果酱罐。这只有着长长尾巴的丛林鼠，就是点点鼠夫人。

点点鼠夫人爬过纸袋，"沙沙沙"的声响吵醒了本杰明。

点点鼠夫人马上就跟他道歉，点点鼠夫人还说她也认识小兔子彼得。

正当他们俩聊天的时候，一阵重重的脚步声从围墙另一边传了过来，就在他们的头顶上，麦格雷戈先生把一袋刚割下来的青草，全部倒在了熟睡中的小兔子们的身上！本杰明一看到麦格雷戈先生，赶紧躲在了纸袋下面，点点鼠夫人也躲进了果酱罐中。

还在睡梦中的小兔子们根本没有察觉此刻发生的事情，吃得饱饱的小兔子们还躺在青草被子下继续做着美梦。

他们梦见被妈妈抱起来，放在了柔软的床上。

麦格雷戈先生倒完了青草，低头向下看着，看到青草堆中，冒出几双有趣的棕色小耳朵尖，他又好奇地看了一会儿。

突然，有只苍蝇落在了其中一只耳朵上，耳朵抖动了一下。

麦格雷戈先生终于知道那是什么了！于是他走到杂物堆上——"一只、两只、三只、四只！五只！六只小兔子！"他拿起小兔子一只一只地装进麻袋中，边拿边数着。而弗洛普西家的小兔子们还在做着美梦，仿佛此刻他们已经睡在了柔软的床上，他们扭了扭身子，最终还是没醒过来。

麦格雷戈先生系紧了麻袋，放在围墙上。然后回到草坪中，去整理割草机。

麦格雷戈先生走后，弗洛普西太太正好穿过田地，路过这里，疑惑地看了一眼围墙上的麻袋。

她要去找她的孩子们，所以并没有在这里停留。

这时，点点鼠夫人从果酱罐里爬出来，本杰明也拿掉了头上的纸袋，他们把刚才发生的事情全都告诉了弗洛普西太太。

他们来到麻袋边上，本杰明和弗洛普西太太非常绝望，因为他们根本解不开袋子上的结。

好在点点鼠夫人足智多谋，她在麻袋上面啃啊啃，不一会儿就咬了个洞出来。

透过麻袋上的洞，他们把睡得迷迷糊糊的小兔子们都拉了出来，一个个都叫醒了。

然后他们又往空麻袋里塞了一些东西，有三棵烂青菜、一把旧刷子，还有两个烂胡萝卜。

然后他们躲在灌木丛中，等着麦格雷戈先生过来拿麻袋。

麦格雷戈先生回来了，拎着麻袋就往家走，麻袋沉沉的，拎起来感觉有些吃力。

而小兔子们则远远地跟在麦格雷戈先生身后。

他们看着他拎着麻袋进了家门。

然后小兔子们蹑手蹑脚地走到了窗户下面，趴在那里想听听屋里的动静。

麦格雷戈先生随手把麻袋扔在了地上，幸好里面装的不是兔子，不然一定摔得疼死了。

然后他就拉过来一把椅子，坐在那里开心得合不拢嘴，嘴里还在念叨"一只、两只、三只、四只、五只、六只小兔子！"

"咦？那是什么？你刚刚扔在地上的是什么东西？"麦格雷戈太太问道。

麦格雷戈先生并没有回答，而是继续用手指一边点一边数，"一只、两只、三只、四只、五只、六只肥兔子！"

"你是疯了吗？说什么胡话呢？你这个傻老头。"麦格雷戈太太有点生气了。

"在麻袋里，我今天抓了六只小兔子！"麦格雷戈先生兴奋地说道。

此时，那只最小的兔子已经坐在了窗台上。

麦格雷戈太太隔着麻袋摸了摸，她说她能感觉到里面有兔子，不过肯定是老兔子，因为他们的骨头实在太硬了。

"老兔子的肉一点也不好吃，不过他们的皮可以拿来给我做一套兔皮斗篷。"

"给你做斗篷？"麦格雷戈先生大叫道，"我要把他们全部卖掉去买烟草！"

"你想得美！我要扒了他们的皮，砍下他们的头。"

麦格雷戈太太说着就走过去解开麻袋，伸手进去想要把兔子拿出来。

当她把手伸进去，却只抓到一把烂蔬菜时，心想一定是麦格雷戈先生故意整她，于是转身对麦格雷戈先生破口大骂！

麦格雷戈先生一看也非常生气，拿起那个烂胡萝卜朝窗外扔了出去，谁知正好打中坐在窗台上的小兔子，疼死了。

本杰明和弗洛普西觉得也差不多了，于是带着孩子们回家去了。

最后，麦格雷戈先生当然没有换到烟草，麦格雷戈太太也没能得到兔皮斗篷。

反而是点点鼠夫人，在圣诞节来临之前，收到了一大包的兔毛，她用这些兔毛给自己做了一件斗篷、一条围巾、一个漂亮的暖手袋和一双温暖的手套。

第十四章

点点鼠夫人的
故事

很久以前，在树林边的一个沙洞里，住着一只丛林鼠，人们都称她为点点鼠夫人。

她的房子实在有趣！房间全都是沿着树根修建的，房子里布满了一条条的沙路，通往坚果屋、种子储藏室、厨房、客厅、餐具室、食品储藏室。

当然还有点点鼠夫人的卧室，而她的床呢，其实就是一个小小的纸盒做成的！

点点鼠夫人是一个有着严重洁癖的老鼠，她每天都在不停地打扫、整理家里那柔软的沙子铺的地板。

一天，一只迷路的甲虫跑到了点点鼠夫人的家里，"去、去、去，你这个脚脏脏的家伙！"点点鼠夫人敲着簸箕赶走了甲虫。

还有一天，一只身披红斗篷的瓢虫在她的洞口转来转去的，点点鼠夫人看见了就吓唬瓢虫说道："瓢虫妈妈，你家的房子着火啦！你快回去看看你的孩子吧！"再后来，有一只

胖胖的蜘蛛跑进了点点鼠夫人的家里想躲一会儿雨，点点鼠夫人冲着他吼道："走开，你这个坏家伙！休想在我这么干净的家里挂上蜘蛛网！"

　　点点鼠夫人拎着蜘蛛就扔到了窗户外面，蜘蛛只好吐出一根长长的细丝，顺着窗户爬了下去。

　　点点鼠夫人继续往储藏室走去，她想去那里拿一些樱桃核和蓟花种子当晚餐。

　　她在走道里嗅来嗅去，边走边仔细盯着地板检查。

　　"我好像闻到了蜂蜜的味道，地上还有他们肮脏的小脚印。"

　　突然，在转角处，她和一只大黄蜂撞了个正着！"嗡嗡嗡！"大黄蜂扑闪着翅膀。

　　点点鼠夫人严肃地看着大黄蜂，此刻她多希望自己手里能有个扫帚。"你好啊，大黄蜂，我很乐意去你那里买一些蜂蜡，不过你来我家里做什么呢？为什么

你总是从窗户钻进我家，还一直嗡嗡嗡地叫呢？"点点鼠夫人略带生气地说道。

"嗡嗡嗡！"大黄蜂也有些不耐烦地回应着，点点鼠夫人不想再理会她，转身走向一个之前用来放橡子的储藏室。

点点鼠夫人在圣诞节前已经把橡子吃完了，所以这会儿这个房间应该是空着的。

谁知点点鼠夫人一推开门，却发现里面堆满了苔藓。

她把苔藓往外扯，扯着扯着忽然看见里面有三四只蜜蜂探出了头，"嗡嗡嗡"地叫着。

"我可没有收留别人的习惯，你们这是非法入侵！"点点鼠夫人大叫道，"我要把你们全都赶出去！""嗡嗡嗡！""不过谁能来帮帮我呢？"

点点鼠夫人脑袋里闪过一个人影，"我才不会去找蛤蟆杰克先生呢！他从来都不洗脚。"

点点鼠夫人决定先不管这些蜜蜂，等到晚餐后再来赶他们。

当她回到客厅，听到了一阵沙哑的咳嗽声，原来是杰克先生自己跑进来了。

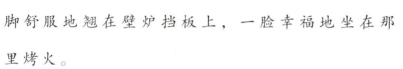

他坐在火炉边的小摇椅上，双手交叉放在肚子上，双脚舒服地翘在壁炉挡板上，一脸幸福地坐在那里烤火。

杰克的家在篱笆下面的一个排水沟里，那里又肮脏，又阴冷潮湿。

"你还好吗，杰克先生？天哪，你怎么湿成了这样？"

"谢谢，谢谢，谢谢点点鼠夫人，我要在这里坐一会儿，把自己烘干。"杰克先生说道。

他微笑着坐在那里，水滴顺着他的衣服滴在了地板上，点点鼠夫只好趴在地上拿着抹布不停地擦来擦去。

　　杰克先生在那里坐了很久很久，最后点点鼠夫人只好问他要不要留下来一起吃晚餐。

　　点点鼠夫人先拿了一些樱桃核，"谢谢、谢谢、谢谢点点鼠夫人！可是我没有牙、没有牙、没有牙啊！"杰克先生嘴巴张得大大的给点点鼠夫人看，他的嘴里确实一颗牙也没有了。

　　然后点点鼠夫人给他端上了一盘蓟花种子，"阿嚏、阿嚏、阿嚏！噗！"杰克先生一看到蓟花种子就不停地打着喷嚏，吹的蓟花毛满屋子乱飞。

　　"谢谢、谢谢、谢谢点点鼠夫人！可是我现在特别、特别想吃一口蜂蜜！"

"这个我恐怕不能满足你了。"点点鼠夫人说道。

"可我就是闻到你家有蜂蜜的味道，我才过来的啊！"杰克先生还在坚持。说着就挪着笨拙的身体，开始在橱柜里翻来找去。

点点鼠夫人就拿着一块抹布，杰克先生走到哪，她就擦到哪。

杰克先生发现橱柜里确实没有蜂蜜，转身又向洞里走去。

"哎呀！杰克先生！你挤不进去的，真的，真的！"

杰克先生可不管，一边打着喷嚏一边用力往洞里挤，最后他还是一头挤进了餐具室。

"阿嚏、阿嚏、阿嚏，这里也没有蜂蜜啊，点点鼠夫人。"

那里只有三只小爬虫躲在餐具架上，有两只侥幸逃跑了，还有一只被杰克先生给抓住了。

当他挤进食品储藏室，蝴蝶小姐正在那里品尝方糖，一看到杰克先生挤了进来，立刻从窗户飞了出去。

"阿嚏、阿嚏、阿嚏，点点鼠夫人，你家也有不少客人啊！"

"他们全都是不请自来！"
点点鼠夫人生气地回答。

他们顺着沙地继续往里走，
杰克先生刚拐个弯，就看到一只
蜜蜂，他一把抓住了蜜蜂，可是
马上又放走了。

"我不喜欢毛茸茸的蜜蜂，他们全身都是毛。"杰克
先生说着，用袖子擦了擦嘴巴。

"快出去，你
这只肮脏的癞蛤
蟆！"大黄蜂冲着
杰克先生叫着。

点点鼠夫人此
刻已经快要疯了。

杰克先生终于在一个房间里找到了蜂巢，他使劲儿想把蜂巢拉出来，点点鼠夫人吓坏了，赶紧躲进坚果储藏室，免得被蜜蜂蜇到。

当点点鼠夫人从储藏室里出来的时候，外面已经一个人都没有了。

再一看家里，已经被折腾得面目全非，到处脏兮兮的，蜂蜜、苔藓、蓟花种子、大大小小的脏脚印布满了地板。

"我那干净整洁的家啊！"

她把地上那些乱七八糟的东西收起来之后，就出门去找一些嫩树枝，把洞口补得又小了一点，"再也不能让杰克先生进来了！"

回来后她拿出工具，想要把家里清扫一下，可是她实在太累了，坐在摇椅上就犯困，只好先躺下睡了，嘴里还在念叨着"家里还能收拾干净吗？"

第二天一大早她就起来了，开始了为期两周的春季大扫除。

她这里扫扫，那里擦擦，用蜂蜡擦拭家具，还把所有的餐具都擦得锃亮。

当一切都打扫干净之后，她邀请了另外五只小老鼠来家里聚会，并没有告诉杰克先生。

谁知杰克先生因为闻到了香味，就自己跑了过来，可是他怎么也进不去那个小门，最后只好就赖在门口。

小老鼠们从窗口递了一杯蜂蜜露给杰克先生，杰克先生倒是一点也不生气。坐在门口，晒着太阳，喝着蜂蜜露，还说："阿嚏、阿嚏、阿嚏！祝点点鼠夫人身体健康！"

第十五章

小松鼠藏坚果的故事

很久以前，森林里住着一只胖乎乎的灰毛松鼠，松鼠的名字叫提米脚尖，他的家安在了一棵大树的树梢上，他和他的妻子古蒂幸福地生活在那里。

这一天，微风徐徐，提米舒服地坐在树梢上休息着，尾巴在身后一甩一甩的。"亲爱的古蒂，现在是坚果成熟的季节了，我们必须得为冬天和来年的春天储备足够的食物才行。"古蒂此刻正忙着在屋里铺上厚厚的苔藓，好让屋子在冬天能够暖和些。

当提米和古蒂来到坚果林里的时候，发现已经有其他松鼠在那里采坚果了。提米脱下夹克挂在树枝上，准备开始采坚果，所有松鼠都不说话，安安静静地忙碌着。

他们每天都要跑几片不同的树林采坚果，把坚果装进口袋，再把它们分别储藏在离家不远的几个树洞里。

当家附近的几个树洞都被坚果填满的时候，他们只好把坚果藏在一个更高的小树洞里，这个洞曾经是一只啄木鸟的家。他们把坚果倒进树洞，坚果就顺着洞一路滑进了很深的地方。

"这个洞像存钱罐一样，洞这么小，我们要怎么才能把坚果拿出来呢？"古蒂担心地问道。

"亲爱的，别担心，等到了春天的时候，我一定会变得很瘦的。"提米小声对着树洞念叨着。

松鼠们采集了超级多的坚果，那些把坚果藏在地洞里的松鼠们，总是会忘记他们把洞挖在了哪里，而提米夫妇却不会。

　　他们中最健忘的就是一只叫银尾巴的松鼠，他总是会忘记埋藏的地点，然后就在草地上不停地挖啊挖，如果一不小心挖到别的松鼠的坚果洞，那就势必会有一场争斗。到最后，所有松鼠都在草地上到处寻找坚果洞，整个森林里乱成一团。

　　这一天，有一群小鸟在树林中飞来飞去，想要寻找一些绿色的毛毛虫和蜘蛛，其中几只小鸟唱起了歌。

　　他们唱着："谁藏了我的坚果？谁挖走了我的坚果？"

　　松鼠们追着鸟群跑进了树林，听他们唱歌，树林里，提米和古蒂正在安静地包扎着他们的坚果包。小鸟们继续唱着"谁藏了我的坚果？谁挖走了我的坚果？"

　　提米没有理会他们，继续安静地做着手里的活，当然，这些小鸟们只是随口唱了这些歌，并没有其他的意思。

可是松鼠们听到歌声后，立马就冲向了忙碌中的提米，冲着他一顿拳打脚踢，坚果也散落一地。小鸟们没想到自己唱歌却捅了娄子，一溜烟全飞走了。

可怜的提米被打得滚了好几圈，吓得赶紧往家里逃去，其他松鼠们还是穷追不舍，嘴里还唱着"谁把我的坚果挖走了？"

松鼠们最后还是抓住了提米，大家要把他扔进树洞里，就是那个啄木鸟住过的小小圆圆的洞，洞里都是提米藏起来的坚果。这个洞实在太小，松鼠推着提米拼命把他往洞里塞，"除非他主动认错，否则我们绝对不放他出来。"银尾巴松鼠说道。然后对着树洞大声喊道："是谁挖走了我的坚果？"

提米始终没有吭声，他就这么掉进了树洞里，摔在了自己储藏的那堆坚果上，可能是摔晕了，提米躺在坚果上一动也不动。

古蒂没等到提米回来，只好自己捡起坚果，拎着袋子回家了，她为提米沏了一杯茶，可是左等右等，也不见提米回家。

古蒂独自度过了一个孤独又失落的夜晚，第二天一早，她鼓足勇气又回到树林里去找提米，边找边喊："提米！提米！你在哪里啊？"其他松鼠听到动静，又粗鲁地把她赶走了。

就在这时，提米也醒了，醒过来的提米发现自己躺在一张柔软的青苔铺的小床上，浑身酸疼。周一点光也没有，应该是在地下。提米的肋骨可能摔断了，一咳嗽就疼得不行。

忽然不知道哪里传来了一阵欢快的说话声，然后一只小花栗鼠举着一盏灯来到了床前，关心地询问着提米的状况。

花栗鼠细心地照顾着提米，让他睡在自己的床上，为他准备美味的食物，他告诉提米，树洞里全部都是食物，坚果怎么吃都吃不完。花栗鼠说天上总是会下坚果雨，他还在外面的地里挖到过坚果。

当他听完提米的故事，花栗鼠笑得前仰后合的。

提米在花栗鼠家养病期间，花栗鼠总是为他准备特别多的食物，可是提米却担心地说道："我现在吃得这么胖，要怎么才能钻出洞去呢？我在这里这么久，我的太太一定担心坏了！"花栗鼠却说："不过就是一两颗坚果，没关系的，来，我帮你把坚果剥开。"于是提米就越吃越胖。

等不到提米的古蒂只好独自出去采坚果，只是她再也不会把坚果藏在啄木鸟洞里了，因为她觉得他们根本没有办法从这么小的洞中把坚果拿出来。

古蒂在树根下挖了一个洞，把坚果全都藏在了洞里。有一天，古蒂把一大袋坚果倒进树根的洞里时，忽然有一只花栗鼠夫人着急忙慌地从洞里跑了出来。

"别倒啦！我的家已经全部被坚果包围了！我的丈夫都受不了了，离开我跑出去了，现在我终于知道为什么总是会下坚果雨了！"

"实在是抱歉，我真的不知道你们住在下面。"古蒂急忙给花栗鼠道歉，"你知道你的丈夫躲到哪里去了吗？唉，我的丈夫提米也不见了！"古蒂难过地说道。

"我知道我先生在哪，有只鸟告诉我的，他就在这个洞里。"花栗鼠夫人带着古蒂来到了啄木鸟洞口。

她们趴在洞口，听见底下传来了嗑坚果的声音，有一个浑厚的声音和一个尖细的声音在唱着歌。

"你可以从这个洞里爬进去啊。"古蒂对花栗鼠夫人说。"是的，我可以爬进去，只是我跟我先生吵架了，我怕他会咬我。"花栗鼠太太回答说。

这时，洞里不断地传来嗑坚果和唱歌的声音。

古蒂伸头往洞里看了一眼，朝着洞底大声喊道："提米！喂，提米是你吗？"然后就听提米回答了一声："当然是我啊，是你吗？我亲爱的古蒂！"

提米爬到了洞口，伸出头来轻吻古蒂，可是他现在太胖了，根本没办法从洞里出来。

花栗鼠先生倒是很瘦，也能够从洞里爬出来，可是他只是躲在洞里咯咯咯地笑着，并不想从洞里出来。

　　古蒂每天都来树洞边看提米，就这样持续了两周，忽然有一天狂风大做，吹倒了那棵大树，树洞被掀开了，提米这才能和古蒂一起，打着雨伞回家了。

　　但是花栗鼠先生还是在那里安营扎寨过了一周，怎么劝都不愿意回家，尽管这样很不舒服。

　　后来，有一只大狗熊来到了树林里，他好像也在寻找坚果，四处嗅着。

大狗熊慢慢来到了花栗鼠先生所在的树洞旁，想看看树洞里有没有坚果，花栗鼠先生吓得急忙逃跑，一路逃回了家中。

淋了雨的花栗鼠先生回到了家里，发现自己已经冻感冒了，这让他特别

难受，花栗鼠太太就在旁边一直悉心地照顾着。而提米和古蒂则建了一个坚果储藏室，把采回来的坚果全都收在储藏室里，还用一把小锁锁上了储藏室的门。

后来，当小鸟们看到松鼠时，还是会唱那首歌："谁藏了我的坚果？谁挖走了我的坚果？"只是，再也没有松鼠回应过他们。

第十六章

小猪布兰德的故事

很久以前，有一位猪妈妈，大家都称她为佩蒂姨妈，佩蒂姨妈有八个孩子。

四个女儿的名字分别是：克洛斯、莎莎、悠悠和点点。

还有四个小男孩，名字叫：亚历山大、布兰德、奇奇和胖胖。胖胖的尾巴曾经受过一次伤。

这八只小猪的胃口实在是大。"是啊，是啊，可不是吗，孩子们确实胃口很大啊！"佩蒂姨妈骄傲地看着她的孩子们。

忽然，只听不远处传来一声惨叫，原来是亚历山大不小心摔了一跤，卡在了猪食槽里的一个铁环里面，疼得他嗷嗷直叫唤。

我和佩蒂姨妈一起，用力拉着亚历山大的两条腿，费了好大劲儿才把他拽出来。

奇奇也发生过一件很丢脸的事情，在洗衣服的时候，他曾不小心吃掉了一块肥皂。

没过多久，我们在一篮子干净的衣服里面，又发现了一只脏兮兮的小猪。"哎呀，哎呀，哎呀！这又是谁闯的祸？"猪妈妈生气地问道。

洗完澡的小猪们都露出可爱的粉色皮肤，有几只身上还有黑色的斑点，但是这只小猪却浑身沾满了黑泥，把泥清洗干净之后才发现，原来是悠悠啊。

当我走进菜园里，我发现克洛斯和莎莎正在那里刨胡萝卜的根，我就拿起小鞭子打了她们几下，拎着耳朵把她们拖出菜园，克洛斯竟转过头想要咬我。

佩蒂姨妈很受邻居的尊敬，可是她的孩子却不停地闯祸。邻居们都说："佩蒂姨妈、佩蒂姨妈，你真的很受人尊敬，可是你的孩子实在太调皮了，一点都不听话，除了点点和布兰德。"

"是啊，你说得没错，他们真的很调皮，而且食量还这么大，一桶牛奶很快就喝完了，我想我可能要去市场买头奶牛了。"佩蒂姨妈唉声叹气地说，"要不就把听话的点点留在家里帮我做家务，其他的孩子全都送走吧。八个孩子实在养活不了啊。也许送走了他们，家里的粮食就足够了。"

于是，过了一段时间，奇奇和莎莎坐着一辆独轮车走了，悠悠、克洛斯和胖胖也乘坐一辆大车离开了，而布兰德和亚历山大也准备好去市场找工作了。临走前，猪妈妈帮他们换上干净的衣服，理顺了尾巴，不停地叮嘱他们，为他们祝福。

"我亲爱的布兰德，照顾好你的兄弟，不要弄脏衣服，要时常想着擦鼻涕，走路的时候站着走，小心那些陷阱和鸡窝，注意按路标走。拿好你们的证件，没有证件你们就不能离开农场了。哦，亚历山大，我真是放心不下你们。"

猪妈妈不停地嘱咐着，布兰德一直认真地听着，而亚历山大却一直心不在焉、东张西望。猪妈妈把证件小心地包好，放在了他们最里面的口袋里，又为他们准备了八颗薄荷糖，还在糖纸上写了应对突发情况的对策，于是，两个小家伙也终于出发了。

两只小猪一同向市场走去，调皮的亚历山大蹦蹦跳跳的，一路来来回回跑着，还逗哥哥玩。没过多久，亚历山大就又饿又累，"我们看看妈妈给我准备了什么好吃的吧，布兰德。"

于是他们就坐在路边，打开了包裹，亚历山大几口就把自己所有的薄荷糖都吃完了，这时他转过头来对布兰德说："请把你的薄荷糖给我一个吧，布兰德。"

"抱歉，可我还想留着以备不时之需呢。"布兰德不安地说道。亚历山大听完有些生气，于是就拿别护照的别针去刺布兰德，两只小猪就在路边大打出手，争斗的过程中，他们俩的证件不小心掉了出来，两张证件被混在了一起，布兰德就责备亚历山大。

没过多久，两兄弟就又和好如初，手拉这手唱着歌继续去赶路。

在路口拐角的地方，两只小猪差点撞到一位警察，警察要查看他们的证件，布兰德从口袋里拿出证件交给警察，可是亚历山大却找了半天也找不到他的证件，最后小心翼翼地拿出一张纸给了警察，纸上还写了一段话，"三分之四便士可以买两磅糖果。""这是什么？这不是我要的证件。"警察说道，亚历山大耷拉着脑袋，承认自己把证件弄丢了。

没有证件，警察不能让亚历山大离开农场，只好把他再送回去，布兰德急忙问，"我可以和他一起回去吗？"

警察回答说："你就不用了，你的证件都在。"虽然布兰德一点儿也不想一个人上路，可是和警察争辩实在是不明智，他只好给了弟弟一块薄荷糖，看着警察带着亚历山大回去了。

亚历山大之后的经历是这样的——那天，警察带着他慢悠悠地往农场去，亚历山大垂头丧气地一路跟着警察回到了农场，警察把他交给了农场附近的一户人家，之后，亚历山大就在那里一直生活了下去，日子过得还很滋润。

而那一天，布兰德也是垂头丧气地一个人继续向前赶路，在一个十字路口，竖立着三块路标："距离集市还有五英里""距离小山还有四英里""距离佩蒂托斯农场还有三英里"。布兰德吃惊地看着路标，他觉得天黑之前是到不了集市了，那样就可能会错过明天集市上的招工，想到被亚历山大在路上浪费了这么多的时间，布兰德深深地叹了口气。

布兰德还是没有放弃，整了下衣服，冒着雨继续朝集市前进。其实，布兰德的心里一点也不希望去市场，一想到在熙熙攘攘的人群中，被人挑来拣去，最后再被一个粗鲁的农夫带走，他就觉得实在是没有盼头。他自言自语道："真希望能有一个属于我自己的菜园，我可以在那里种我喜欢的土豆。"

天越来越冷，他把手插进口袋里，证件还在那里，在另一个口袋里，布兰德居然又摸到了一个证件。布兰德大叫了一声，这是亚历山大的证件啊！然后疯狂地朝着警察和亚历山大离开的地方追去，希望能追上他们。

　　最终，布兰德还是没能找到他们，自己还在树林中迷了路。夜晚的树林里黑漆漆的，风呼呼地吹着，布兰德吓得哭了起来。

　　又走了大约一个小时，布兰德终于走出了树林，乌云散去，月光洒满整个大地，布兰德发现自己来到了一个从来没来过的陌生的地方。

　　眼前有一条小路通向山下，山下有一条小溪，在月光下潺潺流淌。

　　布兰德向下走去，不一会儿来到一间木屋前面，"这应该是一个鸡舍吧，可是我也没有其他地方能去了。"布兰德自言自语道，此刻他已经浑身湿透了，又冷又累。

　　布兰德推开门进去，想在鸡舍里先休息一晚。一推开门，有几只鸡就"咯咯咯"不停地叫着，布兰德有些害怕，窝在角落里休息，他决定第二天一早就离开这里。

　　睡了还不到一个小时，他就被吵醒了，原来是鸡舍的主人派伯逊先生忽然提着灯和一个带盖的鸡笼进来了，他想要抓六只鸡，好明天一早拿去市场卖。

　　派伯逊先生抓了一只白色的母鸡放进鸡笼里，然后他忽然发现了缩在角落里的布兰德，昏暗的灯光中，他把布兰德也当成了一只鸡，抓起来就扔进了鸡笼里，随后又抓了几只脏脏的母鸡，全都一股脑扔到鸡笼里，扔在了布兰德的身上。

　　鸡笼里装着六只鸡和一只小猪，特别沉，派伯逊先生背着鸡笼摇摇晃晃地往山下的家中走去。鸡笼里，布兰德简直要被母鸡的爪子撕破了，可他还是小心翼翼地把证件和薄荷糖藏在了很贴身的地方。最后，鸡笼被重重地扔在了厨房的地板上，派伯逊先生把鸡笼盖子打开，一眼就发现了布兰德。布兰德被拽了出来，他看到眼前站着一个奇丑无比、讨人厌的中年男人，笑起来的时候嘴巴好像要咧到耳朵上了似的。

"不管怎样,这可是他主动送上门的。"派伯逊先生说着就把布兰德从上到下搜了一遍。然后把鸡笼放在角落里,盖了一块布在上面,母鸡们终于安静了下来。派伯逊先生接着又拿了一口锅放在了炉火上。

布兰德轻轻拉过一把铜凳子,不安地坐在炉子边上搓着手,想要暖和一些。派伯逊先生脱下一只靴子,扔到了厨房一边的墙壁上,忽然墙壁里面发出了一声闷哼。派伯逊先生大声吼道:"闭嘴!"

布兰德疑惑地看过去,却什么也不敢问。这时,派伯逊先生又脱下另一只靴子,像刚才一样,又重重地扔在了刚才的墙壁上,墙壁里面又传来一声闷哼。派伯逊先生烦躁地喊叫着:"安静!你就不能安静些吗!"布兰德吓得一动不动地坐在凳子上。

派伯逊先生做了燕麦粥当作晚餐，就在刚才靴子砸中的地方，里面好像又传出了咂巴嘴的声音。派伯逊先生把煮好的燕麦粥倒在了三个盘子里，一盘给自己，一盘给了布兰德，最后那一盘是给谁的呢？正在布兰德疑惑的时候，派伯逊先生瞪了他一眼，拿起那一盘燕麦粥，走到上锁的橱柜边上，打开门放了进去，又把门锁上了。

布兰德小心翼翼地吃完了自己的那份晚餐，晚饭后，派伯逊先生翻看着日历，又去摸了摸布兰德的肋骨。他暗自思索，这个季节做熏猪肉已经有些晚了，派伯逊先生看了下自己剩余不多的熏猪肉，然后犹豫不决地看着布兰德，说："你今晚可以睡在地板上。"

疲惫的布兰德这一夜睡得可沉了，他今天实在太累了。

第二天一早，派伯逊先生做了比昨晚更多的粥，天气也暖和了一些。当他看了看箱子里所剩不多的燕麦，脸上有了些不高兴。又问布兰德："你今天还要继续赶路吗？"

还没等布兰德回答，派伯逊先生的邻居在门口吹了一声口哨，于是他急忙拎着装母鸡的笼子，搭着邻居的车往集市去了。临走前对布兰德叮嘱道："好好看家，不要多管闲事，否则回来扒你的皮"。

布兰德忽然灵机一动，他想如果此刻他也能一起搭车去集市的话，没准还能赶上招聘，可他实在信不过派伯逊先生。

布兰德一个人悠闲地吃了早饭，然后又在派伯逊先生家里四处环顾了一圈，他发现派伯逊先生家很多地方都被上了锁。他还在房子后面，发现了一桶土豆皮，于是他就吃了那些土豆皮。又在旁边的一个水桶里，一边哼着歌一边把早餐用的碗盘子洗了洗。

忽然，不知哪里传出一阵微弱又低沉的声音，跟着布兰德一起哼着歌，他放下了手中的盘子，侧耳听着。

布兰德轻手轻脚走到厨房门口，

往里探头，一个人也没有。他又走到壁橱前面，透过锁孔向里嗅了嗅，安安静静，什么动静也没有。

又过了一会儿，他将自己藏起来的薄荷糖拿了一块出来，塞进了壁橱门缝下面，薄荷糖迅速被抽走了。

这一天，他断断续续地将手里剩下的六颗薄荷糖全都塞了进去，当然，每回都很快就被拿走了。

当派伯逊先生回来的时候，布兰德正乖乖地在火炉前烤火，炉灶被打扫得干干净净，上面还烧着水。派伯逊先生满意地拍了拍布兰德的背。

派伯逊先生看起来很累，他很快做完了晚饭，又很快吃完了，然后上床休息了。当然，他还是放了一碗在壁橱里，然后锁上了壁橱的门，只是这一次，他确实是把锁锁上了，可壁橱的门却并没有关好，就连放燕麦的箱子，他也忘记锁上了。

他吩咐布兰德到明天中午十二点之前都不许打扰他。之后，布兰德安静地坐在壁

炉前吃着粥，忽然一个微弱的声音传来，"我是小猪薇琦，可以再分一些粥给我吗？"布兰德吓了一跳，惊恐地四处张望。

布兰德看到身边不知何时站着一只可爱的伯克夏黑色小猪，她的眼睛一闪一闪的，指着布兰德的盘子，布兰德立刻把盘子递给她，然后薇琦狼吞虎咽地吃了起来。

布兰德边走向燕麦箱，边问她："你是怎么出现在这里的？""我是被偷来的。"薇琦满嘴塞的都是食物。

布兰德从容地从箱子里取出了燕麦，又问道："为什么要偷你呢？""当然是想做火腿和熏猪肉啊！"薇琦回答说。

"既然这样，你为什么不逃跑呢？"布兰德惊恐地问道。

"我打算吃完晚饭就开始逃跑。"薇琦坚定地说道。

布兰德又煮了很多的燕麦粥，羞涩地看着薇琦。

薇琦吃完晚饭，起来环顾了四周，似乎在计划该怎么样逃跑。

"现在外面已经黑了，你出去会迷路的。"布兰德说道。听他这么说，薇琦开始有些焦虑。

"如果是在白天，你能认得路吗？我只知道在河对面的山上能够看到这所房子，你打算从那条路走呢？"薇琦问道。

布兰德坐在凳子上，心事重重地说："我要先去一趟集市，我这里有两张猪证件，不介意的话，我可以带你去到那边的大桥。"薇琦特别感恩，晚上休息的时候，薇琦问了好多关于布兰德的事情，弄得布兰德都有些害羞了。于是布兰德就假装睡着了，不一会儿，布兰德忽然闻到了一股薄荷糖的味道，他猛然睁开眼睛："我还以为你把薄荷糖吃完了呢！"

"我只是尝了一点。"薇琦解释说，然后借着火光，她饶有兴趣地看着糖纸上面写的话。

"你现在还是别吃了，免得被派伯逊先生闻到味道。"布兰德谨慎地说道。薇琦收起了糖纸，哼哼着唱着歌，歌声越来越小，她的头也越垂越低，不一会儿，薇琦翻了个身，躺在火炉边的地板上睡着了。

贴心的布兰德小心翼翼地走过去给她盖了一个椅罩当被子。

布兰德怕自己睡过头了，于是一夜都没怎么休息好，他坐在火炉边，听着屋外的蟋蟀叫声，听着楼上的打呼声，直到第二天清晨。

天刚蒙蒙亮的时候，布兰德拿上自己的小包裹，叫醒了薇琦，薇琦看上去既惊恐又兴奋。

"现在外面还黑着呢，我们能找到大路吗？"薇琦有些担心。

"公鸡已经打鸣了，咱们要在母鸡的叫声把派伯逊先生被吵醒之前，赶快离开这里。"布兰德解释说。薇琦还是有些担心，害怕地坐在地上哭了起来。"快点走啊，薇琦，一会儿我们的眼睛就能适应这个环境了，我现在都已经听到那些母鸡的叫声了。"生性良善的布兰德从来没对母鸡们说过"闭嘴"，即使是那晚在鸡笼里。

他们悄悄打开门走了出来，又轻轻关上了门。派伯逊先生的花园根本不像花园，杂草丛生，被这些小鸡们糟蹋得不成样子，他们俩手拉着手，穿过杂草堆向着大路飞奔去。

太阳逐渐升了起来，他们穿过荒野，看见温暖的阳光照在整片山谷中，宁静祥和，一片生机勃勃。在一片花园和果园包围着的地方，有一座白色的小农场。

"那是威斯特摩兰郡！"薇琦喊道，她松开布兰德的手，开心地唱着跳着。

"我们得在大伙起床之前赶到那座大桥，薇琦。"

"你为什么想要去市场呢？"薇姬问道。"其实我并不想去集市，我只想去种土豆。""你吃薄荷糖吗？"薇琦又问道。布兰德略不开心地拒绝了。

"是因为你那可怜的牙齿在疼吗？"薇姬说道，布兰德没有回答，只是嘴里咕咕哝哝地说着些什么。

薇姬自己吃起了薄荷糖，走到了小路的另一边。"薇琦！快躲在墙下面，那里有个人正在锄地呢！"薇琦穿过马路，两只小猪急忙朝着山下两郡交界的地方跑去。

布兰德忽然一个急刹车，因为他听到了车轮驶来的声音。一个商人正驾着马车从他们后面赶来，缰绳搭在马背上，商人就坐在车上看着报纸。

"快吐掉嘴里的薄荷糖，薇姬，我们可能要开始一路狂奔了，待会儿你一个字也别说，全都交给我，我们只要穿过大桥就行了！"可怜的布兰德说道，此刻他已经快要哭出来了，然后他挽着薇琦，一瘸一拐地走着，像受伤了一样。

商人专注地看着报纸，如果不是马受到惊吓喷着鼻息，商人可能不会发现这两只小猪。商人停住马车，收起马鞭，问道"嗨！你们要去哪里啊？"布兰德看着商人，一脸茫然失措。

"你们是耳聋吗？你们要去集市吗？"布兰德缓缓地点了点头。

"和我想的一样，可是昨天才有集市啊，把你们的证件给我看一看行吗？"

这时，布兰德发现商人的马后蹄上嵌着一个石子。商人不耐烦地挥了一下鞭子，"证件？证件呢？"布兰德这才回神，翻遍了所有的口袋才找到证件，递给了商人。商人看着手里的证件，似乎觉得有点不对，"这位年轻的小姐难不成名字叫亚历山大？"薇琦刚想开口回答，布兰德立马大声咳嗽了起来，气喘吁吁的，薇琦瞬间闭上了嘴。

这时，商人的手指迅速地在报纸的广告栏上移动着，看到一则告示："遗失，被窃或是走丢，如果有人能够找到，我们会付十先令的报酬。"然后商人又疑惑地打量着薇琦，心生一计，他觉得这简直是天上掉馅饼的事情。然后商人吹了声口哨，和田地里的那位农夫打招呼。

"你们在这里等我一下，我过去和他说两句话。"商人跳下马车，收起缰绳往农夫那里走去，商人觉得小猪是有点狡猾的，不过，量这只瘸腿小猪也跑不了多快。

"现在还不是时候，薇琦，他肯定会回头看的。"果然，商人回过头来，看见两只小猪还乖巧地站在那里。商人也发现自己的马蹄上卡

了一颗石子，马有些瘸，他在农夫那里花了很长的时间才给弄下来。

"就是现在，薇琦，快跑啊！"布兰德对薇琦小声说着。

从来没见过哪只小猪像他们跑得那样快！他们飞快地跑着，叫着，沿着山路直奔大桥跑去，胖嘟嘟的薇琦跳跃着，啪嗒啪嗒啪嗒地向前跑着。

他们跑啊跑，一路朝着山下跑去，穿过一条捷径，跑过一条铺满鹅卵石的小溪和一片平坦的草地，终于来到了河边，两只小猪手拉着手走过大桥。他们之后又翻山越岭，快乐地蹦着跳着，朝着远方走去。

第十七章

金吉尔和皮克斯的故事

很久以前，小村庄里有一家商店，店铺的窗户上就挂着这家店的店名"金吉尔和皮克斯的商店"。

这家商店非常的小，但是正好适合洋娃娃的身高，洋娃娃露辛达和简就经常来这家商店买东西。

店里的柜台高度，对小兔子们来说也刚刚好。在金吉尔和皮克斯的商店里，红色的印花手绢只要一又四分之三便士。

此外，店里还出售糖、烟草和胶鞋。

尽管这家店看起来很小，但是店里的东西却是应有尽有，除了一些比较特别的，比如说鞋带啊、发卡啊或是羊排这些。

这家店的主人就是金吉尔和皮克斯，金吉尔是一只浑身黄毛的公猫，而皮克斯则是一只猎犬。

小兔子们总是很害怕皮克斯。

而来店里的另一拨顾客，小老鼠们，则更害怕金吉尔。

所以金吉尔总是会让皮克斯去招呼那些小老鼠们，因为他自己看到这些顾客的时候，也总是会忍不住要流口水。

金吉尔说："当我看到他们拿着购物篮，从我面前走出去的时候，我总是会有种冲动。"

"唉，当我看到兔子的时候也有同感啊！"皮克斯回应道，"可是我们也不能吃掉自己店里的顾客啊，那样的话，顾客就全都跑到泰比莎的店里去了。"

"不会的，他们只会无处可去的。"金吉尔沮丧地回答。

泰比莎的商店是除了金吉尔他们家之外，村子里唯一的另一家商店，

由于泰比莎家的店从不让赊账，所以大家都不喜欢去她家。

在金吉尔和皮克斯的店里，他们允许顾客无限量赊账。

赊账的意思是指当顾客想要买一块肥皂，她会连钱包都不打开，然后就说我等以后再来付钱。

此时，皮克斯就会向她鞠躬说"如你所愿，夫人"，然后再把这笔账先记在一个本子上。

尽管这些客人们总是害怕金杰尔和皮克斯，他们还是会经常光顾这家店。

但是这家店的"钱箱"却始终是空空如也，里面一个子儿也没有。

客人们每天还是照旧蜂拥而入，来到店里购买大量的物品，尤其是太妃糖，可是他们还是没有钱付账，即使是一个一便士的薄荷糖，他们也要赊账。

来他们店里的顾客总是络绎不绝，所以他们店的销售量比泰比莎家的店高出十倍呢。

即使这么高的销售量，金吉尔和皮克斯还是没有钱，他们只能吃自己

店里出售的食物。

皮克斯会吃一些饼干，金吉尔则会吃一些鳕鱼干。

打烊之后，他们就在烛光中享用这些食物。

一月一日这一天，他们还是没有钱，所以皮克斯还是没有办法给自己买一块狗牌。

"真让人不开心啊，我见到警察就要害怕地躲起来。"皮克斯说。

"这只能怪你自己啊，谁让你是一只猎犬呢，你看我就不需要猫牌，牧羊犬柯普也不需要啊。"

"这真是让人不安，我担心有一天我会被传唤。有一次我还想去警局，想看看能不能允许我赊一个狗牌，结果他们根本不同意赊账。"皮克斯说，"这地方怎么到处都是警察啊，我回来的时候还遇见了一位呢。"

"要不咱们把塞缪尔的账单再给他寄去吧，金吉尔，他还欠了咱们二十二先令九便士的培根钱呢！"

"我觉得，他根本没打算要付这笔钱。"金杰尔回答说。

"我敢肯定，安娜玛利亚总是来店里偷东西，不然店里的奶油饼干为什么都不见了？"

"那还用问，肯定是你自己偷吃了呗。"金吉尔说。

金吉尔和皮克斯来到了商店后面的一个房间，平时他们就在这里一起记账，这天他们算着大家赊的账，一笔又一笔。

"塞缪尔赊的账也太多了，简直就像他那长尾巴一样，有一盒一盎司加四分之三盎司的烟草钱，从十月份一直欠到了现在。"

"还有呢！一先令三便士一磅的黄油，也赊了七磅，还有一根蜡烛和四盒火柴。"

"我们把账单再给每位客人寄一次吧。"金吉尔说。

不久，他们听到店里似乎有什么动静，好像是有人推开了店门。他们急忙回到店里，看到柜台上放着一个信封，旁边站着一名警察，正在一个本子上记着什么。

皮克斯一下子就火了，他冲着警察不停地狂吠，还作势要冲过去。

金吉尔这时躲在一个糖桶后面，对着皮克斯喊道："咬他，皮克斯！咬他！他只不过是一个洋娃娃！"

警察没有理会，继续在本子上写写画画，还把笔放在嘴上咬了两次，有一次还把笔伸进了糖浆里。

皮克斯还在不停地狂叫，叫到嗓子都沙哑了。可是警察还是无动于衷。他的眼睛是一对玻璃珠子。帽子也是用针线缝在脑袋上的。

当皮克斯最后终于决定要冲上去的时候，忽然发现那位警察居然消失不见了，像是没人来过一样。

可是那个信封却还留在了柜台上。

"你猜他是跑去找一位真正的警察再回来吗？这会不会是一张传票啊！"皮克斯看着信封，有些担心地问道。

"不是的！"金吉尔打开了信封回应说，"这是店里的税单和租金，一共是三英榜十九先令十一便士零四分之三便士。"

"这真是一个噩耗啊！"皮克斯有些绝望，"看来我们只能把商店关门了。"

于是，他们就把店关掉了，离开了这里，但其实他们并没到很远的地方，而是一直就在附近。实际上，有些人还真盼着他们能走得更远一些。

商店关门以后，金吉尔就住在一个兔子洞中，我不知道他现在在做什么工作，但他看上去比之前胖了一些，日子似乎过得挺不错。

而皮克斯呢，他现在真的在做猎犬该做的事情，在一个猎场当守卫。

金吉尔

和皮克斯的商店关门之后，村庄里的村民们一下子觉得特别的不方便。因为没有商店和泰比莎的商店竞争了，泰比莎就趁机把店里所有的商品都加价零点五便士。而她的店里依旧是谢绝赊账。

当然，村里还是有一些人，比如说屠夫、渔夫，还有面包师提摩太，他们也会推着小货车来卖一些东西。

可是谁也不能单靠坚果壳、海绵面包和黄油包活下去啊！就算小松鼠把坚果壳做得像提摩太的面包一样好吃，也没用啊！

又过了些日子，睡鼠约翰带着他的女儿开始售卖一些薄荷糖和蜡烛。

只是他们卖的蜡烛不是那种小小的六根一包的，而是有七英尺那么长，需要五只老鼠一起才能抬回家的大蜡烛。

此外，他们卖的蜡烛，在天气暖和的时候，样子就会变得特别诡异。

当顾客们拿着软化的蜡烛去找睡鼠小姐抱怨，

纷纷要求要退货的时候，当然都被睡鼠小姐给拒绝了。

而约翰先生呢，听到顾客的抱怨和投诉之后，就只是躺在床上，偶尔冒出一两句"真是舒服啊"，并不理会顾客的反应，这当然不是做生意的人该有的态度。

所以，当花母鸡彭妮贴出告示，上面用大大的字写着："彭妮商店开业大酬宾！所有商品均有折扣！

彭妮家的商品真是便宜！走过路过，千万不要错过！"让村子里的人都无比欢喜！

这张海报实在是太吸引人了！

花母鸡彭妮的店开业那一天真是相当热闹，店里到处都挤满了前来购物的顾客，就连饼干罐上都站满了成群结队的小老鼠们。

彭妮手忙脚乱地给顾客们找着零钱，她坚持一定要收到现金才能把东西拿走，不过大家并不觉得这样有什么不妥。

此外，她还准备了各式各样吸引人的便宜商品，这让村民们都无比开心。